AVENTURA
entre linhas e letras

O JOGO SECRETO DOS ALQUIMISTAS

João Anzanello Carrascoza

4ª edição

Conforme a nova ortografia

Ilustrações
Maurício Negro

Atual Editora

SARAIVA Educação Ltda.
Avenida das Nações Unidas, 7221 – Pinheiros
CEP 05425-902 – São Paulo – SP
Tel.: (0XX11) 4003-3061

Dados Internacionais de Catalogação na Publicação (CIP)

Carrascoza, João Anzanello

O jogo secreto dos alquimistas / João Anzanello Carrascoza; ilustrações Maurício Negro. — 4ª ed. — São Paulo : Atual, 2009. — (Entre Linhas e Letras)

Inclui roteiro de leitura.
ISBN 978-85-357-0046-6 (aluno)

1. Literatura infantojuvenil I. Negro, Maurício. II. Título. III. Série.

CDD-028.5

Índices para catálogo sistemático:

1. Literatura infantojuvenil 028.5
2. Literatura juvenil 028.5

Série **Entre Linhas e Letras**

Desenvolvimento de produto

Gerente: Wilson Roberto Gambeta
Editor: Henrique Félix
Assessora editorial: Jacqueline F. de Barros
Coordenadora de preparação de texto: Maria Cecília F. Vannucchi
Revisão: Pedro Cunha Jr. (coord.)/Elza Maria Gasparotto
Célia Regina do N. Camargo/Sandra Regina de Souza
Preparação de texto: Maria Luiza Simões

Produção editorial

Gerente: Edilson Felix Monteiro
Chefe de arte: José Maria de Oliveira
Diagramação: Adriana M. Nery de Souza

Produção gráfica

Produtora gráfica: Liliane Cristina Gomes
Impressão e acabamento: Bercrom Gráfica e Editora

Colaboradores

Projeto gráfico: Glair Alonso Arruda
Roteiro de leitura: Veio Livri

6ª tiragem, 2017

CL 810363
CAE 605618

SUMÁRIO

O futuro no espelho **5**

Uma grande surpresa **7**

A revelação **10**

Mais novidades **20**

Ramificações do mistério **27**

O primeiro desafio **31**

Uma pista puxa a outra **40**

Desvendando o rio **44**

Agito no trem **49**

Situação inquietante **59**

Fantástica coincidência? **66**

Nova revelação **75**

Um caso muito estranho **84**

Desconfiança no ar **95**

Manobras ocultas **99**

Descobrimento em terras lusitanas **104**

A caminho de Santiago **114**

Emoções inesperadas **120**

A solidão dos peregrinos **127**

A hora da verdade **137**

Surpresa final **144**

A imagem refletida **154**

O autor **155**

Entrevista **157**

A química oculta, ou alquimia, difere da química vulgar ou normal, apenas quanto à teoria da constituição da matéria; os processos de operação não diferem exteriormente, nem os aparelhos que se empregam. É o sentido, com que os aparelhos se empregam, e com que as operações são feitas, que estabelece a diferença entre a química e a alquimia.

... Como o físico (incluindo no termo o químico também), ao operar materialmente sobre a matéria, visa a transformar a matéria e a dominá-la, para fins materiais; assim o alquímico, ao operar, materialmente quanto aos processos mas transcendentemente quanto às operações, sobre a matéria, visa a transformar o que a matéria simboliza, e a dominar o que a matéria simboliza, *para fins que não são materiais.*

(Fernando Pessoa. O que é ocultismo.
In: Neves, João A. das. *Poesias ocultistas de Fernando Pessoa.* São Paulo: Aquariana, 1995.)

O FUTURO NO ESPELHO

O silêncio se derramava pela cidade já mergulhada no sono. Apenas um e outro carro ainda cruzavam, àquela hora, a avenida Paulista. A noite progredia rapidamente. No escuro de seu quarto em desordem, iluminado apenas por um abajur, Toninho podia ver lá fora a lua cheia reluzindo por trás das antenas dos edifícios. O céu azul-escuro lembrava as águas do rio Tejo na noite em que ele e a menina de Lisboa haviam descoberto mais uma pista para desvendar o mistério daquele jogo mágico.

Era a terceira lua cheia depois que regressara de sua inesquecível viagem à península Ibérica. Sobre o criado-mudo, sombreados pela penumbra, o desenho do tabuleiro que ele fizera, às pressas, no corredor escuro daquele antiquário; os dois pergaminhos da Idade Média; a lupa e o velho canivete sobre o mapa de Sevilha; as cartas recentes da menina; o tíquete de trem de Lugo a Toledo que ela não usara; lembranças que navegavam, serenas, pelos seus olhos. Tinha saudades dela, seu coração trovejava debaixo do peito, sua vida havia mudado para sempre depois de conhecê-la. Ainda sentia a dor da separação, mas haveria de superá-la.

Tivera de esperar mais de dois meses até que, no fim de setembro, uma chuva de primavera caísse e ele pudesse recolher a água para aquele ritual. Seguindo a receita mágica dos ciganos, que a menina ganhara em Toledo, o garoto usara a água para lavar o espelho onde descobriria, na lua cheia seguinte, o rosto de seu futuro amor. Em seguida, acendera sete velas sobre o espelho e invocara a Virgem de Macarena, padroeira dos ciganos, deixando que as velas queimassem totalmente. Depois guardara o espelho, envolvendo-o num pano vermelho.

A lua cheia chegara e era o momento de ver qual face o espelho lhe revelaria. Ouviu passos no corredor e um som de descarga no banheiro. Certamente era seu pai e, graças a ele, que o levara à Espanha, Toninho soubera do segredo secular da OCMD, tão bem escondido por Lope Prado. Agora, estava em busca de outra revelação. Esperou algum tempo e, quando o silêncio reinou na casa outra vez, prosseguiu com a cerimônia, retirando o pano vermelho do espelho. Mirou-se então nele e viu, admirado, que seu rosto refletido começava lentamente a se modificar. Surgiam traços ainda indefiníveis de sua alma gêmea, e Toninho queria saber quem seria ela. Fechou os olhos e, antes de abri-los para conhecê-la, mergulhou no passado e recordou-se das aventuras que vivera, semanas antes, em terras de além-mar.

UMA GRANDE SURPRESA

FALTAVAM apenas duas semanas para começarem as férias de julho. Toninho andava estudando como um louco para as últimas provas, quando à mesa do jantar seu Júlio lhe disse, de repente:

— Filho, tenho uma surpresa pra você.

— Surpresa? — duvidou o garoto. — Lá vem chumbo pro meu lado!

— Deixe de ser resmungão — disse dona Alzira, que trazia uma travessa de comida fumegante. — Está parecendo seu pai ultimamente...

E, como seu Júlio sorria, Toninho disse, animado:

— Já sei! É meu aparelho de som novo?

— Não.

— Então é aquele CD-ROM de pintores franceses?

— Também não.

— Um microscópio novo pro meu laboratório?

— Nada disso — respondeu seu pai. — É uma coisa muito melhor, *hombre*!

Seu Júlio não falava com fluência o castelhano, apesar de ser descendente de um legítimo espanhol. Mas, desde que fora contratado pela Companhia de Importações Príncipe, e passara a viajar todos os meses para Madri, enfiava sempre uma palavra espanhola no meio de suas conversas.

— Então é a minha moto? — arriscou Toninho. — Vou ganhar de aniversário?

— *Eres muy materialista* — disse seu Júlio.

— Um pouco todo o mundo é — disse o garoto. — O dinheiro ajuda a refinar o espírito...

— Nem parece um artista falando.

— Vai, pai, fala logo — pediu o filho.

— Vou te levar comigo pra Madri — disse seu Júlio, triunfante.

— Pra Madri? — sorriu Toninho, incrédulo. — Tá brincando?

— No duro, filho.

— Gostei da piada, pai. Conta outra.

— É verdade — disse dona Alzira.

— Poxa, a passagem é uma grana — comentou o garoto, incrédulo. — Daria pra comprar o microscópio, o CD-ROM e até uma moto usada.

— Só que eu não gastei nada — disse seu Júlio. — Acumulei muitas milhas e tenho direito a um bilhete de graça.

— E por que o senhor não leva a mamãe? — perguntou Toninho.

— Vou levá-la em dezembro, quando completarmos 18 anos de casamento.

— Quero só ver — disse dona Alzira, indo em direção à cozinha. — Promessa é dívida...

— Eu sempre cumpro minhas promessas — disse o pai.

— Disso não posso me queixar — concordou ela.

— É uma viagem de negócios — disse seu Júlio. E confidenciou a Toninho: — Mas pode ter algo especial pra você.

— Pra mim? — estranhou o garoto. — Essa é boa.

— Você não é agora o alquimista da família?

— E daí?

— Fale baixo — sussurrou seu Júlio. — Não quero que sua mãe saiba. Ela diz que eu dou trela demais pra suas experiências malucas.

— Faz tempo que não vem dando...

— Só que ela também vive comprando pincéis e telas pra você — disse seu Júlio.

— Graças a Deus! — disse Toninho, e completou: — Essa viagem é a minha chance de ver as pinturas famosas do Museu do Prado.

— Não cansou de ver pela Internet?

— Ao vivo é outra coisa, pai.

— Ainda bem que você pensa assim.

— Vou poder girar lá à vontade? — perguntou o garoto. — Ou vou ficar visitando fábrica de azeite?

— Vou lá fechar uns contratos — disse seu Júlio. — Mas teremos tempo livre. Poderemos ir ao Museu do Prado e também ao Casón del Buen Retiro. Você não quer ver a *Guernica*, de Picasso?

— É claro — disse o garoto. — Mas o que essa viagem tem a ver com Alquimia?

— Bem...

— Vai, pai, sem essa de suspense — disse Toninho.

— Sua mãe vem vindo — sussurrou seu Júlio. — Depois eu conto.

— O que vocês estão cochichando aí? — perguntou dona Alzira, já voltando à sala.

— Nada, nada — disse o pai.

— E então, filho, gostou da surpresa? — disse ela. — Você vai conhecer a terra de seu avô Antônio.

— Legal pra caramba.

— Não tá animado, não?

— É claro que estou.

— Não parece.

— Tô preocupado com as provas.

— E ainda vamos dar uma esticada até Lisboa — completou seu Júlio.

— Fazer o que lá? — perguntou Toninho.

— Negociar a compra de azeite português.

— Já vi tudo — resmungou o garoto. — Vai sobrar trabalho pra mim.

— Assim você me dá umas férias — disse dona Alzira, brincando com o filho.

— Até parece.

— E me traz um leque bem bonito — continuou a mãe. — Seu pai até agora só me trouxe daqueles bem cafonas.

— Precisamos providenciar logo seu passaporte — cortou seu Júlio.

— Tudo bem.

Vamos partir em três semanas — disse o pai. — Amanhã sem falta você vai tirar fotos.

— Deixa comigo.

— Vou arranjar também um cartão de crédito pra você.

— Oba!

Ia ser uma viagem e tanto. Toninho, que adorava desenhar, já se imaginava lá, contemplando as pinturas famosas do Museu do Prado. Poderia ver uma tourada, assistir a um jogo do Real Madrid, passear como um autêntico neto de espanhóis. Mas que novidade era aquela à qual seu pai, há um bom tempo afastado das ciências ocultas, se referia? Por que tanto segredo?

A REVELAÇÃO

NA SEXTA-FEIRA, véspera da viagem, Toninho folheava em seu quarto um velho dicionário de espanhol/português que pertencera a seu avô Antônio. Precisava se familiarizar um pouco mais com a língua e deixara para a última hora. Havia passado as duas semanas anteriores numa tropelia, correndo, esbaforido, para fazer as últimas provas, o passaporte, as malas...

O caos reinava ao seu redor. À direita da cama, uma grande mesa sobre a qual se viam espalhados livros e mais livros e uma porção de objetos científicos: tubos de ensaio, pipetas, papel de tornassol, disco de Newton, lâminas de vidro. Ao fundo, presa à parede, uma colorida tabela de elementos químicos. À esquerda, próximo à janela escancarada, um cavalete com uma pintura já começada, um pequeno móvel cheio de tintas e pincéis de vários tamanhos imersos num copo de plástico. O quarto, largo e espaçoso, era uma mescla de laboratório e ateliê, onde Toninho alternava o tempo entre suas duas grandes paixões. E tinha ainda o computador, quase sempre plugado na Internet, o pequeno aparelho de som e CDs dispersos pelo chão. Só não se viam tênis e roupas espalhadas como de costume, porque estavam já na mala que dona Alzira o ajudara a arrumar.

Toninho estudava o significado de algumas palavras espanholas, quando seu Júlio entrou no quarto.

— Até que a bagunça hoje não está das piores — disse ele.

— Ih, lá vem a dura de sempre — disse o garoto.

— O que você está fazendo? — perguntou o pai.

— Dando uma estudada — respondeu Toninho.

— Por que não usa o dicionário de bolso que eu te dei? — perguntou seu Júlio. — Esse aí é uma antiguidade.

Mas o filho não respondeu. Desde que o pai comentara naquele jantar que tinha algo especial para ele na viagem, Toninho ainda não tivera tempo de lhe perguntar mais detalhes. Seu Júlio andara atribulado, preparando a papelada e os contratos que iria assinar, em nome da Companhia de Importações Príncipe, com as fábricas de azeite de oliva. E, agora, a sós, tudo poderia ser esclarecido.

— Bem, tá na hora de abrir o jogo — disse o garoto.

— Que jogo? — estranhou seu Júlio.

— O senhor disse que tinha uma novidade pra mim na Espanha.

— Parece que você lê pensamentos.

— Tem a ver com um jogo? — perguntou o filho.

— Tem.

— Mas não era com Alquimia?

— Também.

— Continuo boiando.

— É uma longa história — disse o pai. — Já nem sei se...

— Agora eu quero saber — reclamou o garoto, interrompendo-o.

— No começo, achei o assunto interessante — disse seu Júlio. — Enchi-me de esperança e pensei que estava renascendo em mim o velho alquimista. Fiz até umas pesquisas em Madri. Mas refleti melhor nos últimos dias e acho que avaliei mal. De qualquer forma, pode ser uma boa oportunidade para você, afinal, cada um tem seu caminho...

— Não tô achando graça nenhuma neste papo — comentou Toninho. — Dá pra ser mais direto, pai?

— Calma, *hijo* — disse seu Júlio, conformado. — Não é você que adora mistérios?

— Vai, pai, conta logo — suplicou o garoto.

— Tá bom — disse seu Júlio. — Vou resumir pra você.

— Tô esperando — disse o filho, fechando o dicionário.

— Como você sabe, seu avô Antônio nasceu em Granada, cidade da Andaluzia, no sul da Espanha. Ele veio com 18 anos pro Brasil e aqui se casou com a sua avó Matilde.

— Até aí não vejo nenhuma novidade — disse Toninho, impaciente.

— Bem, seu avô nunca mais voltou pra Espanha. Mas, alguns meses antes de morrer, deu pra dizer que precisava encontrar um primo chamado Luiz Ribero, filho de um tio mais velho. Seu avô me contou que tinha passado a adolescência com esse primo. Luiz Ribero vivia dizendo que um dos antepassados da nossa família tinha sido um alquimista importante.

— No duro?

— No duro — respondeu seu Júlio. — Talvez isso explique o meu antigo interesse pelo assunto.

— E o meu atual também.

— Fiquei surpreso — continuou o pai. — A gente já tinha a quem puxar e nem sabia.

— E quem era esse alquimista? — perguntou o filho, já interessado.

— Ele se chamava Lope Prado — disse seu Júlio. — Viveu entre os séculos XV e XVI e pertencia a uma confraria de magos. E adivinha o que eles descobriram?

— Eu que sei? — devolveu o garoto.

— Descobriram a pedra filosofal! — exclamou o pai.

— A pedra filosofal? — sorriu ironicamente Toninho. — A fórmula sagrada pra transformar o chumbo em ouro?

— Exatamente — respondeu seu Júlio.

— Esta foi grossa!

— Olha o respeito.

— Por isso seu nariz é deste tamanho.

— Está me chamando de Pinóquio?

— Não — disse o filho. — Mesmo porque somos bem parecidos.

— Um mago nunca pode tirar conclusões antes de ouvir toda a história — argumentou o pai. — Lembre-se do que disse Shakespeare: "Existem mais mistérios entre o céu e a terra do que possa imaginar a nossa vã filosofia".

— Tá legal — disse o garoto. — Bem que eu gostaria que fosse verdade. Mas não é. Todo o mundo sabe que é uma lenda.

— Eu mais que ninguém hoje em dia — disse seu Júlio.

— E então? — perguntou Toninho.

— Achei que desta vez a coisa era diferente, talvez porque envolvesse um antepassado da nossa família.

— E deve ser mesmo, fazia um tempão que o senhor não falava em Alquimia.

— Ainda tenho saudades dos nossos experimentos.

— Pena que o senhor desistiu.

— É.

— Foram bons tempos — disse o filho. — E ainda podem ser!

— Quem sabe...

— Bem, mas e daí?

— Deixa pra lá — disse o pai. — Tenho dúvidas demais e disposição de menos.

Apesar de não acreditar que alguém tivesse realmente chegado ao segredo da pedra filosofal, o filho queria saber o que mais havia nessa história que reacendera em seu pai o interesse pelos fenômenos ocultos, sobretudo pela Alquimia. Lembrava-se de sua felicidade fazendo mágica nas festas de aniversário e do orgulho que manifestara quando ele, Toninho, insistira para que lhe ensinasse a arte da prestidigitação.

Contudo, desde que perdera o pai, a paixão de seu Júlio pelo ocultismo, que já vinha inexplicavelmente diminuindo, murchou de uma vez, enquanto a do filho continuou a crescer.

— Já que começou, continua — exigiu o garoto. — Quero ver aonde vai dar.

— *Bueno* — disse o pai. — Ao que tudo indica, a fórmula da pedra filosofal era mantida em segredo por esse grupo de magos ao qual Lope Prado pertencia. Eles se reuniam num castelo em meio à Sierra Nevada, próxima à Granada. Mas foram cruelmente perseguidos pela Inquisição espanhola. Com medo de que a fórmula fosse destruída, ou caísse em mãos erradas, eles a esconderam num lugar quase inacessível.

— Onde?

— Num jogo infantil.

— Num jogo infantil? — zombou Toninho. — Esta é de chorar, pai!

— Pode parecer loucura, mas eles eram magos e deviam saber o que estavam fazendo — continuou seu Júlio. — Muita coisa que parecia loucura dos sábios e dos cientistas, o tempo provou ser verdade.

— Aí eu concordo — disse o garoto.

— Esse primo de seu avô, Luiz Ribero, andou fazendo umas descobertas — continuou o pai. — Pra ele, se os magos escondessem a fórmula em algum canto da Espanha, que na época compreendia os reinos de Castela e Aragão, os inquisidores poderiam achar, eram espertos como o diabo que diziam combater. Por outro lado, não podiam ocultar demais a fórmula, pois os sábios das gerações futuras seriam privados desse tesouro. Então codificaram cada uma de suas etapas numa brincadeira chamada jogo do ganso.

— Jogo do ganso?

— É isso aí!

— Tá duro de engolir — disse o filho.

— Quem iria desconfiar que um jogo tão ingênuo pra crianças poderia conter o segredo mais importante da Alquimia?

— Não sei não — resmungou Toninho.

— Lembra daquela história sobre a origem do tarô que encontramos num livro? — perguntou seu Júlio.

— Mais ou menos — respondeu o filho.

— O tarô teria sido inventado por magos árabes que codificaram ensinamentos ocultos em cartas de baralho.

— Tô lembrando.

— Nosso antepassado e seus amigos poderiam ter partido do mesmo princípio — continuou o pai. — Eles viviam numa região que foi dominada pelos árabes durante séculos e certamente deve ter havido troca de informações.

— Pode ser — disse o garoto, animando-se.

— Só que a coisa acabou em tragédia — prosseguiu seu Júlio. — Todos os magos dessa e de outras confrarias foram mortos nas fogueiras da Inquisição. Menos um.

— Quem?

— Lope Prado.

— O nosso antepassado? — perguntou Toninho.

— O próprio — confirmou o pai. — Ele conseguiu fugir pra Portugal, onde viveu em Lisboa até morrer em mil quinhentos e pouco.

— E então?

— Deixou algumas pistas de onde encontrar a chave para interpretar esse jogo e então descobrir o segredo da fórmula.

— Que pistas? — perguntou Toninho, animando-se.

— Não sei se são confiáveis — respondeu seu Júlio. — Já se passaram quase cinco séculos.

— E daí?

— Eu é que te pergunto.

— Outro dia não descobriram um novo planeta no nosso sistema solar?

— É diferente.

— É nada — disse Toninho. — Uma das primeiras coisas que o senhor me ensinou sobre Alquimia foi aquela frase: “Igual em cima é embaixo”.

— A famosa conclusão de Hermes Trimesgisto — concordou seu Júlio.

— “O que acontece no Céu acontece também aqui na Terra.”

— E tem outras coisas estranhas — disse o pai. — Só depois fui me dar conta.

— O quê?

— Seu avô Antônio me disse, algumas semanas antes de morrer, que andava sonhando com a imagem de uma maçã dourada.

— Não tô entendendo.

— Eu também não estava. Achei que seu avô caducara, ou era efeito dos remédios que ele estava tomando. Mas, numa das primeiras vezes em que viajei a Madri no ano passado, aproveitei uma tarde pra fazer umas pesquisas na Biblioteca Nacional. E descobri que havia existido a Ordem dos Cavaleiros Maçã Dourada. O que não é novidade: na Idade Média existiam muitas sociedades com atuações secretas. Lembra de alguma?

— É claro — disse o filho. — A Maçonaria, a Ordem dos Templários, os Cavaleiros da Távola Redonda.

— Exatamente — disse o pai. — Foi um tempo de grandes estudiosos do ocultismo, como Roger Bacon, Raimundo Lillio, Nicolas Flamel.

— Paracelso também — disse o garoto. E arriscou: — Na certa Lope Prado pertencia a essa tal ordem.

— Isso mesmo — confirmou seu Júlio. — A maçã era o símbolo dos alquimistas da Andaluzia. Uma fruta sagrada para eles, porque, segundo relatos da mitologia grega, era nessa região que se situava o Jardim das Hespérias.

— Hespérias?

— As três filhas de Atlas.

— Aquele que segurava o mundo nas costas? — perguntou o filho.

— Ele mesmo — disse seu Júlio. — Você anda bem informado, hein!

— Deixa de gozação, pai — disse Toninho. — É por isso que o livro com mapa de todos os países se chama Atlas.

— Nem todo o mundo sabe.

— Não sei quem — disse o garoto e perguntou, curioso: — Mas o que faziam essas Hespérias?

— Guardavam um jardim fantástico cujas árvores davam maçãs de ouro.

— Tá me lembrando a história do Aladim e a lâmpada maravilhosa — disse Toninho. — Um pomar cheio de árvores com pedras preciosas.

— Aliás, Hespéria foi o primeiro nome dado às terras que hoje formam a Espanha — continuou seu Júlio.

— E então? Qual é o desafio?

— Descobrir onde está o jogo do ganso.

— E aí chegar à fórmula da pedra filosofal!

— Sim.

— E por que jogo do ganso? — perguntou Toninho.

— Ainda não sei, mas desconfio — respondeu seu Júlio. — Naquele tempo, a diversão preferida dos homens era a caça, inclusive ao ganso.

— Pode até ser.

— Ou porque as penas de ganso eram usadas pra escrever, o que tornava essa ave valiosa.

— Peraí! — interrompeu o garoto. — A imprensa ainda não tinha sido inventada?

— Sim, mas demorou ainda um tempão pra substituir os manuscritos.

— Tá certo.

— Tem mais uma coisa — disse o pai com ar de desânimo. — É preciso encontrar o jogo do ganso original.

— Por quê? — perguntou o filho. — Existem outros?

— Centenas ou milhares — respondeu seu Júlio. — Do século XV pra cá, proliferaram cópias e imitações desse jogo. Tanto que outro dia encontrei no *shopping* um joguinho do Walt Disney chamado cisne corredor. Tirei xérox do tabuleiro, está no meio do meu caderno de anotações, depois eu te mostro. Tenho quase certeza de que é uma versão deformada do jogo do ganso.

— E como encontrar o original?

— Esse é apenas um dos problemas — respondeu o pai e completou: — São muitos os desafios pela frente...

— A coisa tá esquentando!

Toninho adorava desafios e não desistia fácil. Ganhara do pai um manual de Química para aprendizes e era capaz de repetir uma experiência dezenas de vezes até chegar ao resultado esperado. Um dia, quase pusera fogo no quarto. Seu Júlio dizia que ele era turrão e devia ouvir os mais velhos. Mas o que para o pai era defeito, para a mãe era virtude. Dona Alzira elogiava a obstinação do filho. Só não tinha gostado quando ele inventara de usar brinco de argola com um crucifixo pendurado.

— É uma história esquisita demais — disse seu Júlio. — E tem coisas que me perturbam.

— O que, por exemplo? — quis saber o filho.

— Um anel de chumbo de seu avô Antônio — respondeu o pai. — Depois que ele morreu, encontramos esse anel no meio de suas joias. Como era de chumbo e não tinha nenhum valor, ninguém da família o quis. Acabou ficando pra mim. E sabe o que está gravado nele?

— Nem imagino.

— OCMD.

— E o que é isso?

— Vê se descobre.

— Repete.

— OCMD.

— Já sei — disse Toninho. — Ordem dos Cavaleiros Maçã Dourada.

— Pois é — confirmou seu Júlio. — Não é intrigante? Um anel feito do material mais vil, o chumbo, mas que na mão dos alquimistas poderia se transformar em ouro.

— Aí tem coisa, pai — disse o garoto.

— E outro dia tive uma nova surpresa — disse seu Júlio.

— O que foi?

— Conversando com sua avó Matilde, ela disse que Luiz Ribero, o tal primo, foi quem enviou o anel alguns meses antes da morte de seu avô.

— E esse primo do vovô, onde anda?

— Vivia em Granada, mas...

— Ora, vamos atrás dele!

— Desconfio que já morreu.

— Mas ele pode estar vivo! — discordou o garoto.

— Não é o que diz a minha intuição — afirmou seu Júlio.

— O senhor anda fora de forma.

— Nem tanto, *hombre*!

— Não é o que tenho visto...

Toninho refletiu. O pai acendera uma fogueira em sua imaginação, desejos e dúvidas se misturavam, como luz e sombra. Empolgara-se com aquela história e queria saber mais, farejando o cheiro do mistério no ar.

— Isso é tudo — disse seu Júlio. — Ou seja, quase nada.

— Quase nada é melhor que nada.

O garoto já estava se convencendo de que a viagem à Espanha não seria só de visitas a museus.

— Tenho uma ideia — continuou ele. — Enquanto o senhor resolve os negócios lá em Madri, vou atrás do jogo do ganso.

— Aproveite a chance pra conhecer a Espanha — disse seu Júlio. — Também fui seduzido por essa tentação, mas não vale a pena. É como procurar agulha num palheiro...

— Não tô nem aí — respondeu Toninho. — Já que vou lá mesmo...

— Cometi mais um erro — murmurou seu Júlio, aborrecido consigo mesmo.

— É isso aí, vou embarcar nessa — disse o garoto.

Seu rosto se iluminara de satisfação, os olhos luziam. Era uma reviravolta em seus planos de viagem.

— Você nem sabe por onde começar — disse o pai, alertando-o sobre as dificuldades daquela empreita.

— O senhor ainda não me contou tudo.

— Como não?

— É o que diz a minha intuição.

— A coisa é mais complicada do que você imagina — disse seu Júlio. — Por isso, desisti.

— Aliás, até hoje o senhor não explicou direito por que desistiu da Alquimia.

— Chega uma hora que a gente cansa de tentar.

— Tentar o quê?

— Encontrar a fórmula pra esquecer os problemas e não desanimar diante dos contratempos.

— Uai, sempre achei que o senhor a encontrara! Apesar de ter ficado bem ranzinza de uns tempos pra cá.

— Na certa perdi a mão.

— Continuo não acreditando — disse o garoto. — O interesse do senhor por esse jogo é uma prova de que tá balançando.

— Um pouquinho — disse seu Júlio. — Não o suficiente pra encarar este desafio.

— Sei. Mas qual o motivo?

— Achei que poderia ajudar seu avô com minhas poções, mas ele se foi. De que adianta saber que é preciso superar as adversidades, se a gente não sabe como?

— Esse papo tá ficando deprê — disse Toninho.

— É, vamos mudar de assunto — disse o pai.

— Então me conta mais sobre essa história do jogo...

— Olha, pra descobrir o segredo, você só tem doze dias, a começar de segunda-feira.

— Por quê?

Quando seu Júlio ia responder, dona Alzira bateu à porta. Vinha perguntar se eles precisavam de algo mais para a viagem. Zelosa, não queria que nada faltasse. Seu Júlio aproveitou para dar boa-noite ao filho e se retirou com ela, deixando Toninho fervendo de curiosidade.

MAIS NOVIDADES

NO DIA seguinte, sábado, às onze horas da noite, lá estavam, pai e filho, no Aeroporto Internacional de Guarulhos, prontos para embarcar. Como era temporada de férias, o aeroporto estava lotado. Grupos de turistas se amontoavam em frente ao balcão das companhias aéreas, entupindo os corredores com suas malas imensas. Eufóricos ou silenciosos, cada um à sua maneira se preparava para as peripécias que viveria em outras terras.

Atrás dos vidros panorâmicos, na sala de embarque, depois de despacharem as bagagens e passarem pela polícia federal, Toninho e seu Júlio esperavam o momento de partir. O vôo das Aerolineas Argentinas, no qual viajariam, vinha de Buenos Aires e se atrasara. O garoto podia ver lá fora os aviões que taxeavam na pista ladeada por milhares de luzes azuis, e decolavam suavemente, desaparecendo na escuridão do céu, onde a lua flutuava cercada de estrelas. Era a primeira vez que ele saía do Brasil, sentia-se a um só tempo excitado e receoso.

Com um exemplar do jornal espanhol *El País* entre as mãos, seu Júlio resmungava:

— Assim só vamos chegar lá à noite.

— Quantas horas de vôo? — perguntou Toninho.

— Dez horas e mais quatro de diferença de fuso horário. Seria bom se chegássemos lá pelas duas da tarde, mas pelo jeito não vai dar.

— Por que tanta pressa pai? Amanhã não é domingo?

— É.

— Então?

— Temos algo muito importante a fazer.

— O quê? — perguntou o garoto.

— Ir numa tourada — respondeu o pai, alegre, e emendou: — *¡Olé!*

— Que horas?

— Começa às cinco, mas temos de ir para a Plaza de Toros às três.

O garoto não parecia animado. Achava que o pai no fundo voltara a se interessar pelos assuntos ocultos, mas não dava pinta de que aproveitaria a viagem para desvendar com ele o mistério da Ordem dos Cavaleiros Maçã Dourada.

— O que foi? — perguntou seu Júlio, notando o desencanto na face do filho.

— Nada.

— Você não quer ir?

— É claro, mas...

— Mas o quê?

— Quero procurar o jogo do ganso — disse Toninho.

— Ah, meu Deus! — suspirou seu Júlio.

— E preciso de mais informações — disse o garoto. — O senhor ainda não me contou tudo.

— Tire essa ideia da cabeça — disse o pai. — É uma missão impossível.

— Nada é impossível — disse Toninho. — Quem vivia dizendo que o importante não é o encontro mas a procura?

— Você vai estragar suas férias — disse seu Júlio.

Não devia ter contado ao filho a história de Lope Prado. Missão impossível seria convencê-lo de desistir daquela busca.

— Deixa comigo, pai — disse o garoto. — Vai ser uma curtição.

— Já disse que a coisa é bem mais complicada do que você imagina.

— Tá na hora de me contar tudo...

— Deixe de ser cabeça dura!

— Vamos, pai, conta logo — exigiu Toninho, ansioso.

— Não adianta ter pressa — disse seu Júlio, tentando diminuir a importância do assunto. — Deixa a gente entrar no avião. Temos o oceano Atlântico inteiro pela frente.

— Nada disso — protestou o garoto. — Preciso elaborar minha estratégia de ação.

Não tinha jeito mesmo. Seu Júlio conhecia bem o filho e sabia que não teria sossego enquanto não contasse o que mais sabia sobre aquela história misteriosa.

— Tá certo — concordou ele, resignado. — O que você quer saber?

— O senhor disse que existem centenas de jogos do ganso — disse Toninho.

— Sim.

— E como posso saber qual é o original?

— Bem, achei no cofre de seu avô uma carta daquele primo — disse seu Júlio. — Nela, Luiz Ribero contava que passou a vida inteira estudando documentos sobre os alquimistas da Andaluzia e descobriu uma porção de coisas sobre Lope Prado, a Ordem dos Cavaleiros Maçã Dourada, o tabuleiro original do jogo do ganso. E pedia pro seu avô Antônio continuar a pesquisa, porque ele, Luiz, andava doente e sem forças.

— Coitado!

— Seu avô morreu e achei que meu dever, como filho, era continuar essa busca. Mas não tenho ânimo pra prosseguir.

— É uma pena — disse o garoto. — Mas eu comprei a briga.

— Vamos ver aonde você chega.

— Tá torcendo contra?

— Não. Você pode aprender muitas coisas... Mas, se Luiz Ribero passou a vida inteira atrás do jogo e não encontrou...

— Vai me dar uma força ou não?

— Estou indo trabalhar — disse o pai. — Não tenho mais tempo pra causas perdidas.

— Se me contar tudo o que sabe, tá bom demais — disse Toninho. — O resto é comigo.

Não adiantava alertar o filho. Ele teria de descobrir por si mesmo que escolhera um caminho penoso.

— Bem, Luiz Ribero relatava na carta que teve um sonho profético com Lope Prado — continuou seu Júlio. — E nesse sonho o mago dizia que o mistério seria desvendado por seus descendentes de além-mar.

— Nós?

— Acho que sim! Seu avô foi o único da família que veio pra América.

— Neste século! Mas e antes?

— Não sei.

— O senhor ainda não respondeu minha pergunta — disse Toninho. — Como saber qual o jogo verdadeiro?

— Luiz Ribero garante que, num antigo tratado sobre caça, encontrado no Museo de Artes y Costumbres Populares em Sevilha, cidade da Andaluzia próxima a Granada, ele achou um trecho que dizia: "O ganso voa melhor com uma argola de chumbo".

— E o que isso significa? — perguntou o garoto.

— Ele desconfiava que esse tratado fora escrito pelos magos da Ordem dos Cavaleiros Maçã Dourada e essa era uma dica pra se distinguir o jogo autêntico dos falsos.

— Não vejo onde.

— No jogo original o ganso teria uma argola de chumbo na pata, semelhante à que se põe ainda hoje nos pombos-correios. Uma argola parecida ao anel que os próprios cavaleiros usavam. Anel talvez igual ao enviado por Luiz Ribero a seu avô.

— Humm!

— Os imitadores copiavam os desenhos do tabuleiro do jogo sem se preocupar com os detalhes, principalmente porque a argola era minúscula, quase imperceptível a olho nu; só mesmo com uma lente de aumento pra ver. E quem copiava o jogo queria apenas um tabuleiro pra se divertir, reproduzindo nada mais que os traços gerais das figuras. Por isso, somente se o ganso tiver essa argola de chumbo, o jogo é autêntico.

— E se existir uma cópia perfeita?

— É uma possibilidade, mas não acredito. Cópias são cópias.

— O senhor já viu algum tabuleiro falso? — perguntou Toninho.

— Sim — respondeu seu Júlio.

E continuou, decidido a dizer o que sabia para se ver livre das perguntas do filho:

— No El Rastro, uma feira de antiguidades muito popular em Madri, vi dois ou três desses jogos. E, num livro sobre a história dos brinquedos da Baixa Idade Média, encontrei uma reprodução do

jogo do ganso. Mas não era o verdadeiro, porque o bicho não tinha a tal argola na pata.

— E como é o jogo?

— É um tabuleiro com 63 casas, ou 63 desafios, pelos quais o ganso, que é uma ave migratória, tem de passar pra chegar a seu novo destino.

— E como se joga?

— Com um dado e pedras coloridas.

— De que jeito? — insistiu o garoto.

— Igual a qualquer jogo de tabuleiro que existe por aí — respondeu o pai. — Você joga o dado e, se der o número dois, por exemplo, anda duas casas. Se der cinco, avança cinco casas. Mas o jogador também pode cair numa casa que o obriga a recomeçar ou o impede de prosseguir.

— É moleza. E as pedras coloridas?

— São só pra marcar onde está cada participante.

— Tá legal — disse Toninho, sorrindo. — Era o videogueime da Idade Média.

— Engraçadinho.

O garoto ficou em silêncio um instante, e em seguida perguntou, cismado: — Onde posso procurar o jogo do ganso? Esse tal Luiz Ribero dá alguma dica?

— Sim. Na cidade de Toledo.

— Onde fica?

— A uns setenta quilômetros de Madri — respondeu seu Júlio.

— E por que Toledo?

— Porque lá vivia, naquela época, o temido inquisidor da Espanha, chamado Tomás de Torquemada. Muitos magos foram condenados à morte por ordem dele.

— Ainda não saquei.

— É o seguinte — disse seu Júlio. — Lope Prado e seus amigos estavam viajando pra Salamanca, cidade-sede de estudos esotéricos do país, onde iriam partilhar a sua descoberta com outros magos. Na Idade Média, os homens se locomoviam a cavalo e as distâncias eram imensas. Pararam então no meio do caminho, em Toledo, pra descansar. Os súditos de Torquemada desconfiaram daquela caravana de sábios e logo os acusaram de feitiçaria. Todos os magos da Ordem dos Cavaleiros Maçã Dourada foram presos e, enquanto aguardavam o processo inquisitorial, inventaram o jogo do ganso. E em suas 63 casas esconderam a fórmula tão procurada pelos alquimistas do mundo inteiro. O jogo virou um sucesso na mão das crianças, e Torquemada nem imaginou que o tabuleiro original saíra de dentro da prisão, debaixo do seu nariz, e encerrava algo tão valioso. Ele nem ligou pra brincadeira, sua atenção estava voltada pras terras distantes, onde seus olhos não alcançavam. Mas, como já sabemos, Lope Prado conseguiu fugir e deixou pistas que levam às explicações indispensáveis pra se decodificar a fórmula oculta nos desenhos do jogo.

— Esse cara era inteligente mesmo! — exclamou Toninho.

Aquela história o estava excitando de tal maneira que queria saber tudinho, ponto por ponto.

— Tenho outra dúvida — disse o garoto. — Ontem o senhor disse que o segredo teria de ser encontrado em doze dias!

— A começar de segunda-feira — confirmou seu Júlio.

— E por quê? — perguntou o garoto. — O senhor ainda não me explicou...

— Luiz Ribero era astrônomo e descobriu que, de tempos em tempos, alguns astros repetem no céu a mesma configuração que já ocuparam séculos antes. Estudando mapas celestes do final do século XV e comparando a posição dos astros naquela época com a posição deles neste mês, ele confirmou que a conjunção atual é favorável à descoberta do segredo.

— Tá escrito nas estrelas?

— Na opinião dele, sim.

— Mais um motivo pra eu não desistir.

— Pelos cálculos de Luiz Ribero, essa configuração astral dura apenas doze dias. Depois, só se repetirá a cada quinhentos anos.

— Uau!

— Se está a fim, você tem de correr.

— E depois de achar o jogo?

— São outros quinhentos — disse o pai. — Você terá de decifrar sete pistas pra chegar à chave da interpretação das casas do jogo e, a partir daí, descobrir a fórmula da pedra filosofal.

— Sete pistas?

— Sim. E sabe por quê?

— Porque sete é o número mágico por excelência — respondeu o garoto.

— Você anda afiado na matéria — disse seu Júlio.

— Meu mestre era bom — provocou Toninho. — Pena que ele perdeu o pique.

— Você não para de pegar no meu pé.

O pai ia continuar explicando, quando ouviram pelo alto-falante a informação de que os passageiros do vôo das Aerolineas Argentinas para Madri deviam se apresentar imediatamente. Correram ao portão de embarque e depararam-se com uma grande confusão. Havia mais gente que poltronas reservadas. Os argentinos tinham lotado o avião, e só restavam alguns lugares para os brasileiros. Pai e filho tiveram de se separar, justo quando Toninho tinha outras perguntas a fazer.

Seu Júlio detestava cigarro, mas teve de viajar no meio dos fumantes e engolir fumaça por mais de dez horas. O garoto ficou entre dois jovens argentinos que bebiam cerveja e falavam, sem parar, na volta de Maradona e na seleção de futebol argentina. Descontente, tentou se distrair, pensando em Lope Prado, seu parente distante, no jogo do ganso, na Ordem dos Cavaleiros Maçã Dourada. E, durante toda a viagem, dormiu e acordou inúmeras vezes, misturando pedaços de realidade a fragmentos de sonhos sem sentido.

RAMIFICAÇÕES DO MISTÉRIO

HAVIAM cruzado o oceano Atlântico e a manhã já despontava. O sol ardia entre as nuvens, enquanto sobrevoavam o sul da Espanha. Pela janela do avião, Toninho viu a terra lá embaixo, enigmática, de um amarelo metálico. Dormira de lado e o crucifixo do brinco machucara sua orelha.

— Diacho!

O café da manhã foi servido e ele devorou tudo o que puseram à sua frente. O comandante avisou que faltava só uma hora e pouco para chegar. Logo estariam em Madri e ele já sonhava em procurar o jogo do ganso. Voltou a mastigar as informações que o pai lhe dera sobre a história dos alquimistas do século XV e, quando aterrissaram no Aeropuerto Internacional de Barajas, outras dúvidas tinham pipocado em seu pensamento. Mas a sua decisão de ir adiante era mais forte. Eram onze horas no relógio de seu Júlio, três da tarde pelo horário local.

Havia uma fila imensa de passageiros na sala de controle de passaportes, e eles demoraram um bom tempo para passar pela alfândega. Depois foram à sala de desembarque apanhar suas malas e entraram na fila num posto do Banco de España para trocar dólares por pesetas.

— Agora, vamos até a polícia — disse seu Júlio.

— Fazer o quê? — perguntou Toninho.

— Uma autorização pra você poder andar sozinho — respondeu o pai. — Se quiser ir a Toledo ou a outro lugar, vai precisar. Ou já desistiu?

— Nem pensar.

Assim fizeram e, finalmente, saíram do aeroporto.

— *Bueno, hacia el centro de la ciudad* — disse seu Júlio.

— Vamos de táxi? — perguntou o filho.

— Não. Vamos de ônibus. É mais barato e você já vai conhecendo melhor um pouco de Madri.

O aeroporto era distante do centro da cidade e, enquanto observava com atenção a paisagem urbana, Toninho pediu mais detalhes a seu pai sobre o jogo do ganso. O que fazer depois de encontrar o tabuleiro? Onde procurar as sete pistas?

— Quer mesmo saber? — disse seu Júlio, sem saída.

— Mas é claro!

— Luiz Ribero achava que os magos haviam colocado a primeira pista no próprio tabuleiro, contando com que um deles ao menos conseguisse fugir e espalhar as outras pelo caminho.

— E que mais?

— Descobrindo a primeira, se chegaria à segunda e, assim sucessivamente, até a sétima e última, quando então se encontraria a chave pra interpretar as informações ocultas no jogo.

— Gozado é que ninguém descobriu o segredo nesses séculos todos — comentou o garoto.

— Vai ver não era a *tatwa* — disse o pai.

— *Tatwa*?

— Esqueceu de quando estudávamos Alquimia oriental? — perguntou seu Júlio.

— *Tatwa*... — repetiu o filho, pensativo. — Lembro que é uma palavra hindu.

— Certo. Mas o que significa?

— Deixa eu ver.

— Demorou demais — disse o pai. — O que confirma a minha impressão de que você anda mais interessado em Química do que em Alquimia.

— Peraí, deixa eu pensar.

— Tudo bem.

— Acho que é "momento oportuno"! — exclamou Toninho. — Acertei?

— Sim — disse seu Júlio. — A hora certa de um mistério vir à luz.

— É isso aí! — exclamou o garoto. — Lembro da lei da relatividade como exemplo.

— Perfeito — concordou o pai. — A relatividade sempre existiu, mas Einstein só foi descobri-la no começo deste século. Ela estava lá, mas só quando foi descoberta por ele é que passou a existir pra toda a humanidade.

— Tinha chegado a *tatwa*.

— "Igual em cima é embaixo" — continuou seu Júlio.

— Mais uma vez o princípio de Hermes — disse o filho.

— Pois é. O que acontece no mundo das grandes coisas reproduz-se no mundo das pequenas.

— Tô vendo que o senhor tá se animando.

— Engano seu.

— E se não estivermos na *tatwa*?

— Bem, aí você não vai encontrar o jogo nem a fórmula.

— Outro motivo pra eu procurar.

— Pra não dizer que não estou te ajudando, tem mais um problema — disse seu Júlio. — Luiz Ribero alertava pra se tomar muito cuidado...

— Por quê? — perguntou Toninho.

— O assunto é sério e perigoso — respondeu o pai. — É bom você reconsiderar enquanto é tempo...

— E qual o perigo?

— Deve ter muita gente atrás desse jogo. Os descendentes dos outros magos da Ordem dos Cavaleiros Maçã Dourada, por exemplo. E pior: os adeptos da Confraria das Sombras.

— A Confraria das Sombras? — hesitou o garoto. — O pessoal da magia negra?

— É.

— Essa gente não desapareceu assim como as bruxas?

— Claro que não — disse o pai. — Sempre haverá quem tente impedir que a humanidade encontre o conhecimento.

— Não precisa exagerar.

— Você sabe que a ignorância é a grande arma dessa confraria, que se alimenta do sofrimento alheio. Quanto mais pessoas têm acesso ao saber, menos vão sofrer, porque a verdade liberta. E eles fazem de tudo pra manter a humanidade na escuridão. Um tesouro como o da pedra filosofal beneficiaria milhares de pessoas que sofrem. Mas, se cair em mãos erradas, pode se tornar uma fonte ainda maior de sofrimento. Tem muito feiticeiro por aí, eu sempre te alertei.

Chegaram ao ponto final do ônibus, uma praça de amplos espaços e uma bela fonte de água que jorrava ruidosamente.

— Que lugar é esse, pai? — perguntou Toninho.

— Plaza de Colón — respondeu seu Júlio e acrescentou: — Colón para os espanhóis, Colombo para nós.

— Cristóvão Colombo?

— Isso mesmo, o navegador. Ele foi contemporâneo de Lope Prado.

— Mas ele não era espanhol!

— Tá certo, Colombo era genovês. Mas o dinheiro pra financiar a viagem, na qual ele descobriu a América, foi dado pelo rei Fernando de Aragão e pela rainha Isabel de Castela.

— É verdade!

Desceram do ônibus, pegaram suas malas e foram atrás de um táxi para levá-los ao hotel. Passava das cinco horas da tarde. O sol ardia intensamente. Era verão na Europa, e a temperatura ali era superior aos 40°C. O trajeto foi um pequeno *city tour* para Toninho. Passaram por vários monumentos históricos da cidade, e seu Júlio ia contando o que sabia de cada um.

Chegaram, enfim, ao Hotel Miguel Ángel. Estavam suados devido ao calor madrileno, loucos para tomar banho. Como ia todos os meses para Madri, seu Júlio era um hóspede conhecido ali. Recebeu logo a chave, e num instante os dois subiram ao quarto. Com o atraso do voo, não dava mais para ir à Plaza de Toros e, como se sentiam cansados pelas horas de viagem, caíram no sono. A diferença de fusos horários os entontecera. Quando acordaram, já passava das sete da noite, embora o dia estivesse ainda claro; o sol só se punha lá pelas dez horas. Saíram para jantar, ou *cenar*, como diziam os espanhóis, mas logo retornaram e então, sim, dormiram realmente como mereciam.

O PRIMEIRO DESAFIO

SALTARAM da cama cedo na segunda-feira. Antes de sair, seu Júlio queria dar uma olhada em seus papéis. Às dez horas, iria à reunião na Fábrica de Aceite Madrileña para assinar o contrato de uma grande compra de azeite. E Toninho decidira ir a Toledo procurar o tabuleiro original do jogo do ganso.

— Como faço pra ir lá?

— Você vai mesmo? — devolveu o pai.

— Vou.

— Bem...

— E tô com pressa — disse o garoto. — Só tenho doze dias.

— Você me parece confiante demais — disse seu Júlio.

— Não é pra seguir a minha intuição?

— Acha que Luiz Ribero estava certo?

— Acho.

— Mas você nem sabe por onde começar.

— Não tem problema — respondeu Toninho. E arrematou com a desculpa que sempre dava quando o pai vinha reclamar da bagunça em seu quarto: — A ordem nasce do caos!

— Já vi cabeça dura, mas igual a sua...

— O senhor também era assim, quando aprontava as suas em seu laboratório.

— E não deu em nada.

— Ih, pintou baixo-astral de novo!

— Não me provoque — disse o pai.

— Vamos lá — disse o filho. — O senhor tem alguma dica de onde posso encontrar o jogo?

— Andei fazendo umas pesquisas — disse seu Júlio, sério. — Ao que parece, logo que os magos da Andaluzia foram condenados, o jogo do ganso começou a fazer sucesso em Toledo. Virou uma febre não só entre as crianças, que se juntavam ao redor do único tabuleiro existente, mas pegou também os adultos. Então, as autoridades do clero, incomodadas com o sucesso do jogo, viram nele uma diversão diabólica que poderia afastar os fiéis da Igreja. E resolveram confiná-lo num mosteiro, onde costumavam guardar documentos confiscados e sigilosos.

— Poxa, que ironia do destino, hein!

— Também acho — comentou seu Júlio. — É o velho princípio da magia: a verdade está diante dos nossos olhos.

— Mas nem sempre enxergamos.

— Pois é. Só que aí já se espalhavam cópias do tabuleiro.

— E quantos mosteiros há em Toledo? — perguntou Toninho.

— Dois ou três — disse o pai. — O mais importante, no século XV, era o de San Juan de los Reyes, erguido pelos Reis Católicos.

— Bem, vou começar por ele — disse o garoto e continuou: — Preciso ver pra que lado fica a rodoviária.

Seu Júlio tinha compromisso pela manhã, mas a partir do meio-dia estaria livre. Achou melhor ir com Toninho até Toledo. Sempre quisera conhecer a antiga capital de Castela e, apesar da proximidade de Madri, ainda não a visitara. Além de fazer um belo passeio à tarde, poderia ver como o filho iria se virar. No fundo, não desaprovava a sua busca, fora ele quem antes de refletir melhor o motivara. A vontade do garoto também o fazia se lembrar por vezes do mago que há pouco ainda era e, ao menos aparentemente, deixara de ser. Sugeriu que Toninho visitasse o centro de Madri pela manhã e depois fossem juntos para Toledo.

— Legal — disse o filho. — Mas prefiro ir ao Museu do Prado.

— Hoje é segunda-feira, está fechado — comentou o pai.

— Bem, fica pra amanhã — disse Toninho. Daria um jeito de conciliar a caça ao jogo do ganso com as atrações de pintura que só a Espanha possuía.

Seu Júlio tirou de sua pasta de executivo uns mapas de Toledo que pegara, um mês antes, na Oficina Municipal de Turismo de Madri, quando ainda investigava a história de Lope Prado, e os deu a Toninho.

— Aproveite pra dar uma olhada.

— Valeu, pai — disse o garoto, agradecido. — Ainda bem que o senhor tá colaborando...

Assim, enquanto seu Júlio foi à reunião, Toninho seguiu até o centro da cidade para dar um passeio. Visitou o Palácio Real, onde se admirou com a beleza dos aposentos reais e, sobretudo, com as armaduras dos cavaleiros medievais que viu na sala de armas. Na saída, encantado com a vista para o Campo del Moro, por trás do qual corria lá embaixo o rio Manzanares, quis tirar uma foto e só então notou que esquecera sua câmera no Brasil.

— Putz, que azar!

Ao meio-dia, conforme combinado, encontrou-se com o pai na Plaza Mayor, a mais popular da cidade, de onde seguiram de metrô para a rodoviária.

Pegaram o ônibus para Toledo e, antes das duas da tarde, já estavam lá. Toninho se encantou com a beleza da cidade, que avultava ao pé de um imenso penhasco, circundado pelo rio Tejo, submersa numa luz violácea.

— Que *show*!

Aqui e ali se viam pelos descampados velhas oliveiras e, de longe, já se destacavam as torres mouriscas, as cúpulas, o campanário altíssimo da catedral. A terra ali era seca, e as pontes e portais de pedra reluziam ao sol. Toledo parecia um povoado dourado, e o garoto sentiu como se estivesse entrando na Idade Média. Compreendeu então o fascínio dos pintores por paisagens daquele tipo, onde a História pulsava. Quanta coisa não acontecera durante séculos naquelas ruas? Encantou-se ainda mais quando caminharam pelas ladeiras abruptas e descobriram as rústicas construções brancas, as casas em cujos jardins flores balançavam ao vento. Havia turistas por tudo quanto é canto e as vielas rumorejavam como o mar. O calor era intenso e, depois de andarem alguns minutos, pai e filho já estavam ensopados de suor.

Quando se acercaram da catedral, notaram uma aglomeração de turistas à sua frente.

— O que tá acontecendo ali? — quis saber Toninho.

— Não sei — disse seu Júlio.

— Vamos ver!

Pedindo licença às pessoas, o garoto foi se enfiando em meio à multidão e arrastou o pai consigo. Depois de muito empurra-empurra, chegaram à magnífica Porta do Perdão da Catedral, onde meia dúzia de músicos, trajando roupas coloridas, cantavam ao redor de um casal que dançava. Seu Júlio puxou conversa com um homem para saber do que se tratava. Era um grupo de ciganos que tinha vindo louvar sua padroeira, a Virgem de Macarena. Toninho ficou fascinado com os gestos do casal, a um só tempo tristes e sensuais.

— Pai, que dança é essa?

— É *flamenco* — respondeu seu Júlio. E explicou que era a forma de expressão mais autêntica dos ciganos. — A alma deles fala através dessa dança.

— Tô vendo.

— Está gostando?

— E não?

— Pudera! Nós também temos um pouco de sangue *gitano*.

Depois a música foi suspensa e o chefe do grupo começou a declamar algo que Toninho não entendia.

— O que ele tá falando, pai?

— Deve ser uma prece à Virgem de Macarena.

— Pena que não dá pra ficar — disse o garoto. — Não posso perder tempo.

Seu Júlio foi abrindo passagem. Toninho o seguiu, mas se voltou, curioso, para olhar os ciganos pela última vez, e quase derrubou uma menina que vinha em direção contrária.

— *Perdón* — disse ele.

— *No pasa nada* — disse ela, os olhos azuis reluzindo.

Atravessaram a Plaza del Generalísimo e pararam num bar. Tomaram dois grandes copos de limonada e comeram um sanduíche de *jamón*, ou presunto, como seu Júlio esclareceu para o filho. E seguiram para o Mostero de San Juan de los Reyes.

Lá chegando, Toninho teve uma ideia mais clara das dificuldades que enfrentaria, se desejasse mesmo encontrar o jogo do ganso verdadeiro. Apenas uma parte do mosteiro estava aberta à visitação. A biblioteca, onde se guardavam os livros e os documentos mais importantes, era vetada ao público. Para ajudar o filho, ainda que meio contrariado, seu Júlio se apresentou como um pesquisador brasileiro; explicou ao monge, que conduzia os turistas pelos jardins do mosteiro, o quanto era importante para sua tese sobre jogos da Idade Média consultar documentos que poderiam estar ali. Viera do Brasil até Toledo só por esse motivo. Mas o monge foi intolerante e disse que seria preciso fazer um pedido formal, por escrito, explicitando suas razões, e a resposta costumava demorar dias.

— Eu não te disse? — falou seu Júlio. — Se o primeiro obstáculo já é uma pedreira, imagine o resto...

Mas Toninho não parecia nem um pouco desanimado.

— A luz nasce da escuridão — disse ele. — Essa foi uma das primeiras regras que o senhor me ensinou.

— Muito bem — concordou seu Júlio. — Mas nem temos certeza de que o tabuleiro está neste mosteiro.

— Não liga, não — disse o garoto.

— Você nem começou e já empacou.

— Eu chego lá.

— Tenho uma ideia — disse o pai.

— Diz aí — brincou o filho. — Pelo jeito, o senhor também tá louco pra descobrir o segredo.

— Não é nada disso — discordou seu Júlio. — Só não quero que diga depois que não te ajudei.

— Então fala.

— Vamos embora e retornamos mais tarde. São tantos turistas que visitam este mosteiro, deve haver um revezamento de guias de visita. Acho que depois poderemos encontrar outro monge, bem mais compreensivo.

— Duvido — disse o filho.

— Não custa tentar.

Deram mais um giro pela cidade e, uma hora depois, voltaram ao mosteiro. Como supunha seu Júlio, era outro o monge que conduzia os visitantes.

— Não te falei?

— Tudo bem — disse Toninho. — Mas até aí não significa nada.

Dessa vez, seu Júlio mudou de tática e se apresentou como um especialista em brinquedos da Baixa Idade Média que buscava o primeiro manuscrito do jogo do ganso. O monge, simpático, disse que o jogo ainda era muito popular na Espanha, ele mesmo brincara quando menino. Mas, assim como o primeiro, fez a mesma exigência. E afirmou que, ainda assim, talvez não encontrassem nada ali, porque as autoridades do mosteiro, diante de um recente ataque de traças, haviam decidido queimar uma porção de pergaminhos profanos confinados lá, sem nenhuma valia para os religiosos, o que tinham feito parcialmente, porque antiquários locais, de olho no que ainda não fora lançado ao fogo, se incumbiram de resgatá-los.

— Eu não disse? — comentou o pai, quando saíram. — Vai ver o tabuleiro original virou cinzas.

— Nada disso, pode ser justamente a *tatwa* — disse Toninho. — Depois de quinhentos anos, de repente, chegou a hora do tabuleiro sair do mosteiro...

Abriu um dos mapas da cidade e ficou a estudá-lo, enquanto seu Júlio fugia do sol, sentando-se à sombra de uma amendoeira.

— Não desistiu ainda? — perguntou ele.

— Não — respondeu o garoto.

— Toledo tem muitos lugares pra se ver — disse o pai, tentando novamente dissuadir o filho.

— Sei.

— Você sabia que El Greco viveu aqui? Tem até um museu na casa onde ele morava. Podíamos ir lá, você é fã desse pintor.

— Eu adoraria — disse Toninho. — Mas da próxima vez. Agora já sei o que fazer.

— O quê?

— Tem um grande antiquário no centro da cidade — disse Toninho, dobrando o mapa. — Vou dar uma procurada lá.

— Você só me dá canseira — reclamou seu Júlio, desiludido.

— Não precisa vir comigo.

— Desprezando minha companhia?

— Pensei que queria me ajudar — disse o garoto.

— Não seja injusto — disse o pai e completou: — Você quer o jogo e eu que me comprometo! Quem teve de mentir duas vezes lá no mosteiro?

— Eu tava só te manjando — disse o filho. — O senhor bem que tá interessado.

— Não vejo graça nenhuma.

— Mas assim tá me atrapalhando.

— Mal-agradecido.

Meteram-se pelas ruelas e ladeiras de Toledo e chegaram ao antiquário. Um velho de cavanhaque os recebeu à porta, na qual estava afixado um cartaz que anunciava antiguidades raras vindas do Mosteiro de San Juan de los Reyes. Toninho entendeu o que estava escrito nele e sorriu para o pai, enquanto o homem os deixava à vontade para conhecer a loja. Havia espadas de vários tamanhos, réplicas de armaduras medievais, escudos de bronze, penas e tinteiros, uma porção de objetos de couro. Circularam por um corredor escuro, entre móveis antigos em promoção, quando seu Júlio viu aberto dentro de uma cristaleira, no meio de pequenos objetos de porcelana, um pergaminho com um desenho colorido ao centro. Aproximou-se para observar melhor.

— Você não queria ver um? — disse para o filho. — Aí está!

— Tá falando em código, pai?

— Não — disse seu Júlio e esclareceu: — Este é um tabuleiro do jogo do ganso.

— Como o senhor sabe? — perguntou o garoto.

— É igual aos que vi no El Rastro, em Madri.

O garoto ficou admirando aquele pergaminho que parecia se esfarelar de tão velho.

— Deve ser mais uma cópia — disse seu Júlio, sem interesse.

— Vamos ver — disse Toninho.

Procurou o desenho do ganso na primeira das 63 casas do tabuleiro. Ali, conforme a indicação de Luiz Ribero, deveria estar a marca da Ordem dos Cavaleiros Maçã Dourada.

— Tem alguma coisa aqui — alertou o filho.

Seu Júlio, que já seguia por outro corredor, observando um antigo oratório, retrocedeu.

— Dá uma olhada...

— Não consigo ver direito — disse o pai, agachando-se. — Precisamos de uma lupa.

— É pra já — disse Toninho, tirando de sua mochila uma lupa que pegara de seu laboratório.

— Poxa, você veio equipado! — disse seu Júlio.

Aproximou-a do vidro da cristaleira e ficou examinando o desenho.

— E aí? — perguntou o garoto.

— Minha nossa! — exclamou o pai, de repente. — É o tabuleiro original do jogo do ganso!

— Não brinca.

— Deus, a sorte está mesmo do seu lado...

— Tem uma argola de chumbo na pata?

— Tem.

— Iuuuupi! — vibrou Toninho.

— E nela está escrito algo — disse seu Júlio. — Deixa eu tentar ler.

— O que é?

— Puerta de Cristal.

— Sabe o que significa? — perguntou o filho.

— Deve ser a primeira das sete pistas pra se descobrir o segredo — respondeu o pai.

— Também acho.

— Luiz Ribero dizia que a primeira pista estava no próprio jogo.

— É isso. Tenho de descobrir agora o que significa Puerta de Cristal — disse Toninho. — O senhor sabe?

— Aí é com você — respondeu seu Júlio, fingindo indiferença.

— Vai me abandonar, vai?

— Não tenho a menor ideia.

— Tudo bem, eu me viro sozinho.

— Preciso pensar — disse o pai, ainda supreso com a descoberta. — Aonde você vai?

— Ver quanto custa o jogo — disse o garoto. — Vou precisar dele.

O vendedor os atendeu com cortesia. Confirmou que o pergaminho era o tabuleiro de um jogo que surgira na Idade Média, mas não poderia vendê-lo. A chave da cristaleira estava com o dono da loja que fora viajar com a família e só voltaria na próxima semana.

— *Perdón* — disse o homem, lamentando-se. Outra pessoa também já quisera comprar aquele tabuleiro e ele não pudera vender.

Pai e filho se entreolharam. Seria algum membro da Confraria das Sombras?

— *¡Muchas gracias!* — disse seu Júlio, tomando a iniciativa. — Não faz mal. Tire uma foto, filho!

— Neca — disse Toninho.

— Como neca?

— Esqueci a câmera em São Paulo.

— Assim você não vai encontrar pedra filosofal nenhuma.

— Calminha — disse o garoto. — Vou fazer um desenho.

O pai rapidamente lhe deu umas folhas de seu caderno de anotações e disse:

— Mostre que você é bom no lápis — disse seu Júlio. — Pelo menos desta vez sua arte pode ser útil pra nós.

PUERTA
DE
CRISTAL

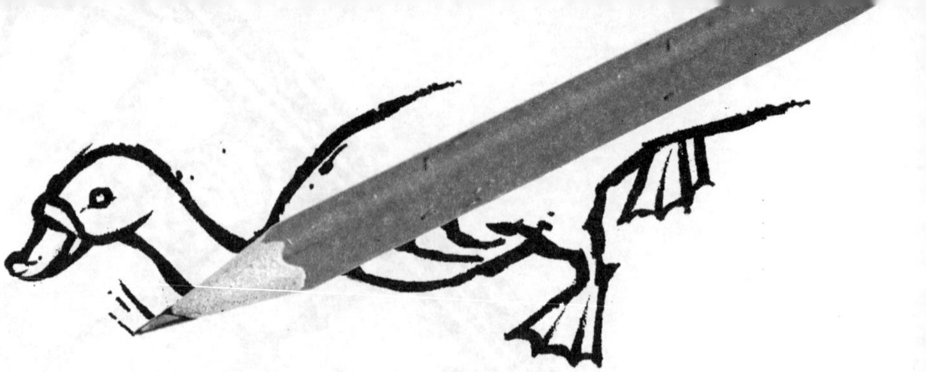

UMA PISTA PUXA A OUTRA

O GAROTO copiou o jogo com o máximo de detalhes. Agradeceram a gentileza do vendedor e saíram.

Seguiram até o centro e sentaram-se num banco na praça central.

— Puerta de Cristal, Puerta de Cristal... — repetia Toninho. — Se descobrir o que significa, vou hoje mesmo atrás da segunda pista.

— Não abuse da sorte — disse seu Júlio. — É melhor voltarmos a Madri.

— Que nada, pai! — disse o garoto, animado. — Se encontramos o tabuleiro original naquele antiquário, é porque estava mesmo na *tatwa.*

— Você achou o fio da meada — disse o pai. — Mas tem o novelo inteiro ainda pra desfiar.

— Acho que a segunda pista tá por aqui.

— Pode ser. Foi em Toledo que Lope Prado esteve preso e de onde ele fugiu.

— Aposto que tem alguma ligação — disse o garoto.

— Deixa eu ver este mapa um instante — pediu seu Júlio. — Uma cidade tão antiga como esta tem muitas *entradas,* que na Idade Média chamavam de *portas.*

— Poxa, é isso! — exclamou Toninho, excitado. — A pista deve estar numa das portas de Toledo!

— É, acho que faz sentido — concordou o pai.

— E quando Lope Prado fugiu, deixou a marca nessa porta!

— Será?

— Tá na cara — disse o garoto.

— Meu palpite é outro — disse seu Júlio. — Ele e os outros sábios, quando perceberam que estavam em perigo, fizeram a marca antes mesmo de serem presos.

— Tanto faz — disse Toninho. — A ordem dos fatores não altera o produto.

— É verdade.

— Mas em que porta estaria? — perguntou o garoto.

— Vamos ver — disse o pai, correndo os olhos pelo mapa de Toledo. E foi enumerando uma a uma, lentamente: — Tem a Puerta Vieja de Bisagra, a Nueva, a Puerta del Cambrón, a Puerta del Sol, a Puerta del Perdón e a Puerta de los Leones na catedral.

— Bom, não são tantas assim.

— Sabe de qual eu desconfio? — disse seu Júlio, pronto para exibir seu antigo dom para o ocultismo.

— Nem imagino — disse Toninho.

— Lembra que os alquimistas tinham uma tabela em que associavam os metais com os astros?

— É obvio.

— Prata era a Lua, ouro era...

— O Sol! — completou o garoto, eufórico. — O ouro era o Sol cristalizado.

— Exatamente — disse seu Júlio.

— Puerta de Cristal... — murmurou Toninho. — ... só pode ser a Puerta del Sol!

— A pista deve estar lá.

— *Touché!*

— Vamos checar agora mesmo.

Meteram-se, novamente, pelas ruelas de Toledo, quase vazias. As lojas estavam fechadas e Toninho estranhou o silêncio.

— É a hora da *siesta* — disse o pai. — Os espanhóis fecham o comércio na hora do almoço e aproveitam pra dar uma cochilada.

— Melhor assim — comentou o filho. — Ninguém vai ver o que estamos fazendo.

— Tem razão.

Caminharam, apressados, até chegarem à Puerta del Sol, uma alta e imponente construção medieval. Não havia ninguém por perto e eles decidiram procurar algum sinal no vão das pedras. Infelizmente, nada encontraram. Toninho sentou-se no chão, aborrecido, quando viu, numa pedra coberta de musgo, um pequeno círculo do lado esquerdo.

— Olha, pai, parece a letra *o*! — apontou ele.

— É mesmo — disse seu Júlio, que se curvou para ver. — Vamos raspar o musgo.

Limparam a pedra com o canivete que Toninho sempre trazia no bolso e encontraram as iniciais OCMD: Ordem dos Cavaleiros Maçã Dourada. Abaixo dela, o desenho de um ganso e, quase ilegível, a inscrição *río del mar.*

Os dois se abraçaram, vibrando com a segunda descoberta do dia. Seu Júlio estava animado como havia tempos não se via, embora não tão eufórico quanto o filho. Havia algo que lhe atraía naquela história e ganhava força, querendo superar a sua descrença. A maré estava realmente favorável à revelação do enigma. Os astros pareciam iluminar o caminho deles, como se fossem ímãs atraindo as pistas de Lope Prado.

Mas, em seguida, o garoto ficou sério e pensativo. Nem bem ultrapassara um desafio, já vinha outro.

— O que será isso? — perguntou ele. — *Río del mar*?

— Não sei, filho — respondeu seu Júlio. — O importante é que você encontrou duas pistas num dia só. Acha pouco?

— Não, por essa eu não esperava...

— Garoto sortudo!

— Tá certo que o senhor me deu uma mãozinha.

— Ainda bem que você reconhece.

— Agora preciso descobrir o que significam essas palavras...

— Isso mesmo!

— Tenho de afinar meu sexto sentido — disse Toninho.

— Sim, mas por hoje chega! — disse o pai. — Vamos voltar a Madri e comemorar essa dupla vitória.

— É isso aí...

Regressaram de trem e, durante o percurso, Toninho ficou admirando os moinhos de vento que surgiam em meio aos campos floridos de girassol. Seu Júlio aproveitou para lhe esclarecer que Toledo pertencia à província de La Mancha, região eternizada na

célebre história de Dom Quixote. E resumiu para o filho as loucas aventuras do cavaleiro da triste figura, sempre acompanhado por seu fiel escudeiro, Sancho Pança, e suspirando amor por Dulcineia del Toboso.

— Legal — disse o garoto.

— Ele confundia esses moinhos de vento com gigantes.

— Era bem piradão, hein, pai!

— Nem tanto — disse seu Júlio. — Quem faz a gente rir é tão mago como Lope Prado.

— Como o senhor fazia antes — disse Toninho.

— Lá vem você outra vez.

— É, mas a minha missão tá parecendo a do Dom Quixote.

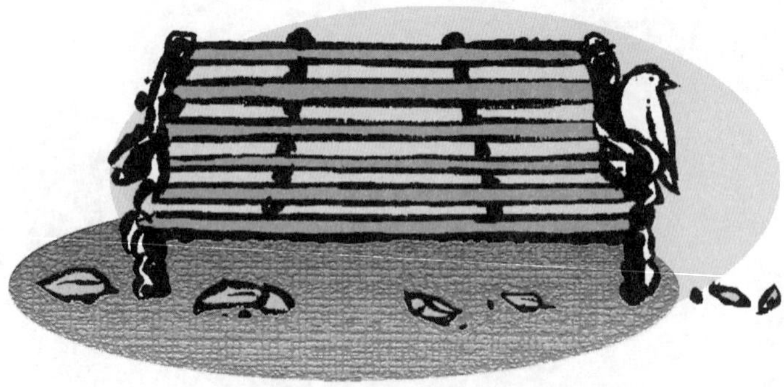

DESVENDANDO O RIO

Às nove da noite, saíram para jantar num restaurante próximo ao hotel. O calor amainara, mas o dia ainda estava claro e o sol resistia em baixar. Depois de comer bem, pai e filho foram dar uma volta pelo Paseo de la Castellana, onde os bares começavam a se encher de gente. Sentaram-se num banco de frente para dois homens que fumavam ao lado de uma árvore. Conversaram sobre as duas pistas que haviam encontrado em Toledo, e Toninho já pensava nas providências para o dia seguinte.

— Vai furar de novo minha visita ao Museu do Prado — disse ele. — Quero dar uma pesquisada na Biblioteca Nacional.

— É uma boa ideia — disse seu Júlio. — Foi lá que confirmei a existência da Ordem dos Cavaleiros Maçã Dourada.

— Vamos nessa? — propôs o garoto, notando que o interesse do pai para desvendar o enigma crescera.

— Não posso — disse seu Júlio. — Tenho outra reunião com os diretores da Fábrica de Aceite Madrileña. E depois vou almoçar com eles.

— Tudo bem. Eu me viro.

— É pertinho daqui. Se quiser, deixo você lá.

— A pista é *río del mar* — disse o garoto, pensativo. — Mas já sei por onde começar.

— Por onde?

— Vou consultar uns livros sobre os rios da Espanha.

— É o que eu faria também — comentou o pai. — Você tem de descobrir qual rio espanhol era caminho para o mar naquela época.

— Poxa, pai, pensei que o senhor fosse melhor em História! — zombou Toninho.

— Mas não sou — riu seu Júlio e continuou: — Lope Prado viveu entre os séculos XV e XVI. Portanto, no tempo em que se iniciavam as grandes navegações.

— Então basta a gente procurar algum livro sobre esse período e ver se encontra lá a resposta.

— É uma ideia.

— Deixa comigo — prometeu o filho. — Só tem um problema: o senhor sabe que não sou bom em espanhol...

— Na hora do aperto, você se vira. Os madrilenos estão acostumados a receber turistas do mundo inteiro, inclusive muitos portugueses. Eles vão te entender facilmente. Mas, pra garantir, levo você até a biblioteca e explico à atendente qual é o problema.

— O senhor acha que a pista tá no rio que levava os navegantes até o mar?

— Exatamente.

— Ora, pai, todo rio corre pro mar! — debochou o garoto.

— Sim, mas nem todos tinham margens amplas que possibilitavam a saída das caravelas.

— Taí um detalhe que eu não tinha pensado.

A noite descia lentamente, as ruas de Madri já estavam cheias de turistas. A cidade ganhava uma nova beleza com as luzes que se acendiam.

Para voltar ao hotel, atravessaram um trecho escuro do Paseo de Recoletos. As grandes árvores copadas barravam a luminosidade dos postes. Toninho se recordou da Confraria das Sombras e teve um arrepio. Desde que fora iniciado pelo pai nas artes mágicas, sabia que as forças do mal surgem quando menos se espera. Sentiu sede e quis parar num quiosque.

— Refrigerante ou sorvete? — perguntou seu Júlio.

— Sorvete — respondeu o garoto.

— Aqui se diz *helado* — explicou o pai.

Mas o garoto estava prestando atenção nas pessoas ao seu redor. E, após uma inspeção geral, disse, de repente:

— Pai, tô com mau pressentimento.

— O que foi?

— Acho que tão seguindo a gente!

— Quem?

— Aqueles dois homens ali — apontou Toninho. — Estavam lá atrás, perto do banco onde sentamos.

— Bobagem, filho, você está se sugestionando — disse seu Júlio, tentando tranquilizá-lo. — Ninguém nos conhece. Além do mais, este é um passeio famoso. Todo o mundo anda por aqui.

Os dois homens atravessaram a avenida e enveredaram por uma rua estreita.

— Está vendo? — zombou seu Júlio.

— Minha intuição não costuma falhar.

— Relaxe, garoto!

Na manhã seguinte, conforme combinado, seu Júlio deixou Toninho na Biblioteca Nacional e seguiu para sua reunião. Antes, deu alguns euros para o filho comer um lanche e disse:

— Pego você às quatro da tarde.

— Tá legal.

— Boa sorte.

— Valeu, pai.

O garoto pôs-se a folhear os livros que a bibliotecária havia lhe trazido e, aos poucos, mergulhou nas águas sombrias da Idade Média, um período nebuloso marcado pela superstição e a peste, do qual o homem só sairia séculos depois, quando voltou a valorizar a razão e o conhecimento, abrindo caminho para profundas mudanças sociais e artísticas, como o Renascimento. Toninho compreendeu melhor o tempo tumultuado em que vivera Lope Prado e se comoveu ao ler sobre as perseguições feitas pela Igreja aos magos e alquimistas. Já tinha conhecimento delas, estudara a fundo o caso de Galileu, mas não imaginava que tivessem sido tão cruéis. Depois, desaguou na história das grandes navegações, que culminara com a descoberta das Américas. Estudou as expedições espanholas e, embora Cristóvão Colombo tivesse partido do porto de Palos, descobriu, excitado, que o rio Guadalquivir, em Sevilha, na região da Andaluzia, desaguava no mar oitenta quilômetros adiante e, naquela época, seu porto vinha ganhando importância. Seria o *río del mar*?

— Sem dúvida, filho — disse seu Júlio, quando o reencontrou à tarde e soube de suas pesquisas. — Parece que você descobriu!

— Eu sabia — disse o garoto.

— É um presente dos astros.

— Até agora tá dando tudo certo — comentou Toninho.

— Espero que continue.

— Tô dizendo que o senhor tá muito interessado.

— Pronto, mais uma alfinetada.

— Bem, vou precisar de dinheiro.

— Pra quê?

— Pra ir à Sevilha.

— Podemos ir amanhã mesmo — respondeu o pai.

— Uai? — estranhou o garoto. — O senhor também vai?

— Fechei dois contratos e já estou liberado — disse seu Júlio. — Meu compromisso em Lisboa é só na semana que vem.

— Tá a fim de encontrar a terceira pista? — perguntou Toninho, irônico. — É ou não é?

— Quer ou não quer a minha companhia? — disse o pai, zangado.

— O velho mago volta a atacar.

— Chega de brincadeira — disse seu Júlio. — Temos de ir até Atocha.

— O que é isso?

— A estação ferroviária. Lá tem o trem de alta velocidade que vai rapidinho pra Sevilha. Sairemos cedo e chegaremos às dez e pouco da manhã.

Mas Toninho estava compenetrado, meditando.

— Quero saber onde tá a pista no rio Guadalquivir — disse ele.

— Pensaremos no caminho.

— Já imaginou se estiver no fundo do rio?

— Impossível — disse seu Júlio. — Os alquimistas não iriam fazer uma burrada dessas.

— Por que não?

— Porque o objetivo deles não era destruir o conhecimento, mas escondê-lo dos inquisidores e da Confraria das Sombras. Se eles o codificaram nas 63 casas do jogo do ganso é porque desejavam que permanecesse.

— É, tem lógica — disse Toninho.

Pegaram o metrô e foram para Atocha comprar as passagens. Mas não havia lugar no trem de alta velocidade para os próximos dez dias. Madri estava repleta de turistas que chegavam de todas as partes do mundo e ninguém queria perder a chance de ir à Andaluzia em tão pouco tempo. Tiveram de optar pelo trem convencional que demoraria quase o dia inteiro para percorrer os mais de quinhentos quilômetros de distância entre Madri e Sevilha. E, ainda assim, só conseguiram lugares na segunda classe.

— Pra mim tanto faz — disse Toninho.

— Tanto faz? — disse seu Júlio. — Você não viu como é a segunda classe...

— E como é?

— Uma bagunça!

— Não tô nem aí. O senhor anda muito exigente.

— É que na viagem precisamos pensar em que ponto do rio estaria a terceira pista.

— Não vai faltar tempo — disse o garoto.

Em seguida, foram a pé a uma livraria comprar um livro sobre os rios da Espanha e uma edição portuguesa do *Dom Quixote* que Toninho queria. Retornaram ao Hotel Miguel Ángel para descansar e arrumar as malas. Seu Júlio ligou para dona Alzira no Brasil, que o achou muito bem-humorado. Avisou que já resolvera o negócio em Madri e que, como só tinha compromisso em Lisboa na próxima semana, iria aproveitar o tempo livre e levar Toninho a Sevilha. O filho estava adorando a Espanha e queria conhecer a Andaluzia, região onde nascera seu avô Antônio.

AGITO NO TREM

NÃO eram nem oito horas da manhã em Madri e o sol já queimava, impiedoso. O ponto de táxi, ao lado do hotel, estava vazio e os dois tiveram de arrastar as malas até o Paseo de la Castellana para encontrar um.

Demoraram um tempão no trânsito, pois uma passeata no centro causara um congestionamento imenso, e eles quase perderam o trem.

A estação de Atocha fervilhava de gente. Jovens se estendiam pelo chão com suas matulas, entupindo os corredores e atravancando as plataformas. O mormaço, a algazarra dos passageiros e o vapor dos trens que chegavam e partiam deixaram Toninho zonzo.

— Queria só ver Lope Prado nessa loucura — resmungou ele.

— Hoje vai ser um dia daqueles — disse o pai.

Quando o trem parou e as portas se abriram, a turba se atirou sobre os vagões, como se fugisse dos touros, como acontecia lá mesmo na Espanha, na festa anual de Pamplona. Na correria, seu Júlio e Toninho entraram num vagão de primeira classe e tiveram de atravessar o vagão-restaurante, onde o garoto viu, debruçados no balcão, bebendo cerveja, os dois homens que na noite anterior, suspeitava ele, os seguiram. Mas não disse nada ao pai, achando que ele iria zombar novamente de seu temor.

Chegaram, enfim, à cabine correspondente ao número de suas passagens. Havia quatro poltronas de frente para outras quatro; à esquerda a porta do corredor e à direita um janelão, cujos vidros estavam sujos e emperrados. Logo que entraram, Toninho entendeu por que o pai reclamara de viajar na segunda classe. Deram de cara com umas pessoas esquisitas, que pareciam saídas de uma festa à fantasia. Num dos cantos, um casal de jovens loiros, com *piercing* no nariz, já ocupara todo o bagageiro acima das poltronas com suas imensas mochilas cheias de ferragens. Comiam salgadinhos, bebiam Coca-Cola e arrotavam sem nenhuma cerimônia. Ao lado do casal, um velho ocupava duas poltronas e entoava pastosamente uma canção.

— Está *borracho* — disse seu Júlio.

— Bêbado? — arriscou Toninho.

— Sim.

Quando o trem já saía da plataforma, entrou subitamente na cabine um alemão truculento com um companheiro nada simpático. Num inglês enrolado, perguntou se seu enorme cão, cujo rabo girava feito uma hélice, incomodaria alguém.

Ninguém deu mostras de se importar, exceto Toninho e o pai, que se entreolharam, resignados.

O alemão sentou-se ao lado do velho bêbado, abriu uma sacola, apanhou uma cenoura e deu ao cachorro. Seu Júlio, com o livro sobre os rios da Espanha nas mãos, tentou abaixar a poltrona para tirar um cochilo, mas não conseguiu.

— Maldição — reclamou ele.

— O que foi? — perguntou o filho.

— Está quebrada.

— Putz.

— Vai ser uma viagem de amargar!

Quando o trem saiu das cercanias de Madri, o bêbado ergueu-se, quase tropeçando no alemão, sumiu pelo corredor e voltou com uma garrafa de vinho que queria dividir, a todo custo, com seu Júlio. O casal de loiros começou a se agarrar. O alemão pegou na sacola um rádio de pilha e sintonizou uma estação de *rock* pauleira. Logo o bilheteiro apareceu no corredor e, antes que abrisse a porta da cabine, o bêbado escondeu a garrafa, o casal se desgrudou, o alemão baixou o som, e o cachorro, certamente treinado pelo seu dono, enfurnou-se debaixo da poltrona de Toninho, que não podia se mover, pois o bicho mordiscava seu calcanhar. O bilheteiro conferiu as passagens e, nada percebendo de irregular, retirou-se. O cachorro saiu de seu esconderijo para alívio do garoto, o som do *rock* pauleira ecoou novamente e a bagunça recomeçou. Não era ainda meio-dia, o sol fulgurava no céu, dourando as terras de Castilla La Mancha. A cabine crepitava como uma fornalha. Sem poder abrir os vidros, suando em bicas, Toninho tentava ler o *Dom Quixote*. Aos poucos, com o embalo do trem, os ânimos se serenaram. O casal saiu da cabine, o bêbado e o alemão dormiram, sob os olhos vigilantes do cão, que, deitado sobre as patas, ofegava com a língua para fora.

— Agora dá pra gente conversar sobre aquele nosso assunto — cochichou seu Júlio.

— Me empresta pra eu dar uma olhada — disse Toninho, apontando o livro no colo do pai. — Tem alguma novidade aí?

— Já tenho um palpite.

— E qual é?

— Bem, o Guadalquivir é um rio extenso, corta Sevilha e deságua no mar.

— Até aí eu já sei.

— Onde você acha que os alquimistas deixaram a pista?

— Talvez nas margens.

— Mas em que lugar das margens?

— Isso é o que vou descobrir — disse o garoto. — Qual é o seu palpite?

— Há várias pontes sobre o Guadalquivir — disse seu Júlio, pensativo. — O sinal poderia estar numa dessas pontes, assim como a segunda pista estava numa das portas de Toledo.

— É uma hipótese.

— Além do mais, o jogo do ganso é sem dúvida uma ponte.

— Que pode levar a gente até a pedra filosofal.

— Sim.

— E nos conduzir da condição de pobres à de ricos — concluiu Toninho.

— Não é só isso. Você está pensando só em dinheiro, em Química, não em Alquimia.

— Tá bom, tá bom.

— Mas acho que o sinal não está em ponte nenhuma — disse seu Júlio, com ar de superioridade.

— Como não? — estranhou o garoto. — Não tô entendendo qual o seu raciocínio.

— Às margens desse rio existe algo mais interessante que suas pontes.

— O quê?

— A Torre del Oro.

— Que torre é essa?

— O lugar de onde as caravelas partiam ou para onde voltavam. Veja aí no livro.

— E por que a pista estaria ali? — perguntou Toninho.

— Pense comigo — disse seu Júlio. — A Torre del Oro era um marco muito importante para os navegadores na Espanha. O ponto de partida e chegada, como as torres de controle dos aeroportos atualmente.

— Certo.

— E tem outro detalhe.

— Qual?

— Preste atenção neste nome: Torre del Oro.

— *Oro* é *ouro* em português.

— E daí, eu pergunto: a grande obra dos alquimistas não era transformar chumbo em ouro?

— Era.

— Então!? Lope Prado deve ter colocado a terceira inscrição nessa torre.

— Acho que o senhor tá entrando em forma, hein, pai! — concordou Toninho.

— Às vezes minha intuição volta a falar mais alto.

— Legal! — exclamou o garoto, satisfeito. — Somos de novo uma dupla!

— Aí você está exagerando.

— Pode ser.

— O segredo é pensar como os alquimistas — disse seu Júlio. — Sentir-se como se você fosse um deles. Deixar-se tomar pelo seu espírito.

— Agora quem exagerou foi o senhor!

— Bem, precisamos ir até lá e ver se acertamos na mosca.

— E aí encontrar a terceira pista que vai nos levar à quarta.

— Exatamente.

— Joia!

O trem seguia aos solavancos e, a cada meia hora, parava numa estação, onde subiam e desciam passageiros. O bêbado e o alemão continuavam dormindo. O cachorro se acomodara no assento da poltrona ao lado da janela. A cabine continuava uma sauna.

— Tô com uma sede danada — disse Toninho.

— Eu também — comentou seu Júlio. — Vamos até o vagão-restaurante e aproveitamos pra comer algo.

— Assim a gente se livra um pouco desse aperto.

— E deste cachorrão!

Enquanto Toninho secava dois refrigerantes, seu Júlio conversava com o *barman* e se refrescava com uma jarra de sangria, bebida à base de vinho e frutas.

— Quer *tapas*? — perguntou o pai.

— Não — disse o filho.

Já havia consultado seu dicionário de bolso outras vezes e sabia que *tapas* eram aperitivos espanhóis.

— Por que não? — insistiu o pai.

— Nada de tapear o estômago — respondeu Toninho. — Quero comida mesmo!

Seu Júlio então pediu *tortillas*, espécie de omelete com batatas, e os dois devoraram tudo num instante. Depois Toninho quis andar um pouco pelo trem.

— Tudo bem — disse o pai. — Vou lá pra cabine fazer a *siesta*.

O garoto deu uma olhada nos vagões de primeira classe, circulou pelos compridos corredores, onde alguns passageiros conversavam e fumavam, enfiou-se num dos banheiros e, por fim, voltou ao vagão-restaurante, onde se sentou numa das cadeiras giratórias do bar para contemplar a paisagem. Sentia-se eufórico com aquela busca do segredo do jogo do ganso. Ainda mais agora que seu pai, tão desmotivado pela Alquimia nos últimos tempos, resolvera ajudá-lo de verdade. Não via a hora de chegar a Sevilha e procurar na Torre del Oro a terceira peça daquele quebra-cabeça. Estava ali, concentrado em seus pensamentos, quando uma menina se sentou na cadeira ao seu lado.

— *Una Coca por favor* — disse ela para o *barman*, erguendo os grandes olhos azuis.

Debruçou-se sobre o balcão, ajeitando os longos cabelos negros, e chamou a atenção de Toninho, que achou sua fisionomia familiar.

— *¡Hola!* — disse a jovem.

— *¡Hola!* — retribuiu ele.

— *¿Estás más tranquilo, ahora?* — disse ela.

Apesar de não falar bem o espanhol, Toninho entendeu o que ela dissera, mas não o motivo pelo qual fizera a pergunta. Por que deveria estar calmo? De onde ela o conhecia?

Notando o embaraço dele, a menina ajeitou os cabelos negros e disse:

— *¿No te acuerdas de mí?*

— Não — respondeu ele, esquecendo de falar em espanhol. — Mas você não me é estranha.

— Epa! Tu falas português também, ó gajo! — disse ela, em perfeito sotaque lusitano.

— Sou brasileiro — disse Toninho. — E você?

— Da cidade de Lisboa.

— Prazer, Toninho.

— Prazer, Inês. Tu não te lembras de mim?

— Sim, mas não sei de onde.

— Quase me atropelaste em Toledo.

— Ah! Agora me lembro! Foi naquela confusão lá na frente da catedral.

— Pois sim. Eu adoro a dança *flamenca.*

— Peço desculpas novamente — disse ele. — Eu tava com muita pressa.

— Estás desculpado — ela retribuiu, sorrindo.

— E você? O que faz por aqui?

— Passeando.

— Sozinha?

— Qual o problema?

— Nenhum.

— Adoro viajar e tenho autorização de meus pais. Mas ninguém me pediu até hoje. Como sou alta, pareço bem mais velha.

— Gostou dos ciganos lá em Toledo? — perguntou Toninho.

— Adorei — disse ela. — Principalmente no final, quando o chefe deles distribuiu a oração da Virgem de Macarena.

— Essa parte eu perdi.

— Com essa oração, tu podes encontrar a tua alma gêmea.

— Interessante.

— Não queres conhecer a tua, ou já a encontraste?

— Ainda não.

— Estás enamorado?

— No momento não — respondeu ele, sorrindo. — E você?

— Não tenho lá muita sorte no amor — disse a menina, e mudou de tom: — Por que estavas com tanta pressa?

— Tinha de resolver uns negócios.

— Estás indo a Sevilha?

— Sim — disse o garoto. — Você também?

— Também — disse Inês e acrescentou: — De lá vou pra casa de meu tio, em Granada.

— Sei, onde os alquimistas da Ordem dos...

Toninho calou-se de repente, ao perceber que quase deixara escapar o segredo de Lope Prado.

— Como é que é? — quis saber Inês.

— Nada não.

— Gosto muito da Andaluzia — disse ela.

— E o que vai fazer em Sevilha?

— Não havia mais bilhetes para Granada — respondeu a menina. — Tenho de ir até Sevilha e de lá para Granada. E tu?

— Meu pai trabalha pra uma importadora em São Paulo. Vem sempre à Espanha comprar azeite e me trouxe agora.

— É a primeira vez que vens aqui?

— É. Mas meu vô Antônio era espanhol. Nasceu em Granada e depois foi pro Brasil.

— Puxa, que coincidência!

— É a sua primeira vez também? — perguntou Toninho.

— Sozinha, sim — respondeu Inês, oferecendo-lhe Coca-Cola.

— Obrigado.

— Mas já vim muitas vezes com meus pais — continuou ela. — A gente fica na casa de minha avó em Madri. Temos parentes em quase toda a Espanha. Minha irmã, inclusive, mora em Santiago de Compostela.

Toninho sabia que essa cidade da Galiza era o ponto final de uma das mais famosas rotas de peregrinações do mundo.

— É um lugar bem místico.

— Sim, onde o apóstolo Tiago foi enterrado — disse a menina, e emendou: — Eu adoro História.

Continuaram conversando, enquanto o trem seguia, vagaroso, rumo ao sul da Espanha. A paisagem era árida e seca, em meio a qual vez por outra avultava um povoado de pedra, imerso no silêncio das distâncias, com a torre de sua igreja flutuando nas alturas. O trem continuava parando a cada meia hora numa estação. Passageiros desciam e subiam, às pressas, com suas bagagens. Era mesmo um pinga-pinga. O vento entrava pelas janelas escancaradas do bar e, fora da cabine exígua e abafada, longe daquele cachorro impertinente, conversando com Inês, Toninho estava achando a viagem divertida.

— Onde tu vais pousar em Sevilha? — perguntou ela.

— Não sei qual o hotel — respondeu o garoto. — Meu pai é quem fez as reservas.

— Compreendo.

— E você?

— Ainda não sei — disse a menina. — Chegando lá, saio a procurar um *hostal*.

— Uma dessas hospedarias simples?

— Sim. São ótimas pra quem não leva muito dinheiro.

Toninho estava gostando da prosa, Inês era alegre e simpática, os olhos azuis agitados como as ondas do mar, dava um belo retrato a óleo. Assim, ele quase se esqueceu de que se metera espontaneamente numa missão difícil. Viajar sem compromissos tinha suas vantagens, era uma boa esquecer os horários, conhecer pontos turísticos, fazer novos amigos. Mas sua opção desta vez tinha sido outra e, observando o sol que ardia no céu azul-metálico, o garoto se lembrou da Torre del Oro e dos desafios que tinha pela frente.

— Bem, preciso voltar à minha cabine — disse, chateado, e estendeu a mão para a garota. — Foi um prazer conhecê-la.

— Igualmente — respondeu Inês. — Até um dia.

— Até um dia.

Toninho encontrou a cabine silenciosa. Seu pai não estava ali. Devia ter saído para dar uma volta pelo trem. O casal de loiros e o bêbado haviam desaparecido. Só o cachorro dormitava ao pé do troncudo alemão, que lia uma revista, indiferente. O garoto se acomodou na sua poltrona e ficou desenhando a paisagem que se movia lá fora. Agora, já não eram mais povoados de pedra, com aspecto medieval, mas aldeias de casinhas brancas, típicas do sul da Espanha.

Embalado pelo balanço suave do trem, Toninho adormeceu. Sonhou com Lope Prado, os ciganos, os alquimistas atirados às fogueiras da Inquisição, as crianças do século XV brincando com o jogo do ganso. Quando acordou, a tarde se aprofundara, embora o sol continuasse brilhando no horizonte. Viu-se sozinho na cabine e estranhou que àquela hora o pai ainda não tivesse voltado.

"Onde será que ele se meteu?", pensou, sonolento.

Ergueu-se, foi até o banheiro mais próximo, lavou o rosto e saiu para procurá-lo.

Depois de vasculhar inutilmente alguns vagões, começou a se aborrecer. Achou melhor voltar ao vagão-restaurante para averiguar se o *barman* sabia de algo. Ele certamente se lembraria de seu Júlio, que, há poucas horas, viera com Toninho almoçar e lhe pedira informações sobre o trajeto do trem, o tempo que faltava para chegar a Sevilha e como estava a temperatura por lá. Mas o *barman* não sabia de nada. O bilheteiro que ali bebia um refresco se interessou pelo caso e perguntou a Toninho como era seu pai e que roupa ele trajava.

Num espanhol atropelado, o garoto o descreveu sucintamente, disse que vestia calça azul e camisa branca e indagou se o homem o vira.

— *Sí* — respondeu o bilheteiro.

— E onde ele está?

— *Ha bajado.*

Como o *jota* em espanhol tem o som de dois *erres*, Toninho confundiu-se e entendeu que ele tinha dito *barrado*. Seu pai barrado? Como? E por quem?

Perguntou novamente e o homem lhe deu a mesma resposta.

— *Ha bajado* — disse o bilheteiro. E acrescentou, preocupado:

— *¿Será que se olvidó de ti?*

O garoto estava perdendo a paciência, quando por sorte Inês atravessou o vagão-restaurante.

— *¿Que pasa?* — perguntou ela, notando a confusão.

Toninho explicou-lhe o caso e pediu-lhe ajuda, já que ela falava melhor espanhol.

— Vamos ver — disse Inês e pôs-se a interrogar o bilheteiro.

Como falassem rápido, Toninho não entendia tudo o que diziam, mas percebeu que algo estava errado.

— *Él ha bajado a tres estaciones con dos hombres* — disse o bilheteiro.

— Como é que é? — disse Toninho.

— Seu pai desceu três estações atrás, junto com outros dois passageiros — traduziu Inês.

— Meu Deus! — exclamou o garoto, aflito, já pensando nos homens que, em sua opinião, os haviam seguido em Madri.

SITUAÇÃO INQUIETANTE

O QUE fazer num país estranho, a mais de dez mil quilômetros de casa, conhecendo pouco do idioma ali falado? E com pouco dinheiro no bolso, já que o limite do cartão de crédito de Toninho não era dos maiores. Além do mais, precisava procurar pelo pai raptado. Sim, era essa a sua convicção, pelo menos momentaneamente. Para ele, os dois homens de quem desconfiara na noite anterior estavam no trem, e isso não podia ser coincidência. Seriam espiões da Confraria das Sombras? Procuravam também as pistas do jogo do ganso?

Apesar da situação adversa, Toninho não estava nervoso. Inês se solidarizara imediatamente com a sua causa e saíra pelo trem buscando informações sobre o paradeiro de seu Júlio. Mas ele não podia partilhar com ela as suas suspeitas. Precisava manter em segredo a caça ao tesouro da Ordem dos Cavaleiros Maçã Dourada.

Depois de conversar com várias pessoas, Inês relatou a Toninho que realmente seu Júlio descera três ou quatro estações atrás. Como o trem permanecia alguns minutos na plataforma, era possível que ele tivesse saído para tomar um ar e se distraído. Costumava acontecer. Mas isso tinha acontecido mais de duas horas antes. Toninho poderia saltar na próxima parada, embarcar em outro trem no sentido contrário e ir atrás dele, mas corriam o risco de se desencontrarem. O bilheteiro lhe assegurara que já estavam próximos a Sevilha; o melhor a fazer era seguir viagem e, chegando lá, permanecer na estação ou procurar a polícia, caso seu Júlio não aparecesse.

— Tudo bem — disse o garoto, tentando se mostrar confiante. — Vamos ver o que acontece.

— Podes contar comigo — reafirmou Inês.

— Obrigado — disse ele.

— Acalma-te, tudo há de se esclarecer.

— Espero.

— Bem, pelo menos estás vivendo uma grande emoção nesta viagem — comentou Inês, jogando os cabelos para trás. E acrescentou, sorridente: — Parece coisa de novela brasileira.

— Não acho a mínima graça — resmungou ele.

Sentaram-se diante de uma das mesinhas do bar, de onde podiam observar lá fora a paisagem ensolarada. A vegetação árida, pontuada aqui e ali por pequenas plantações de oliveiras, revelava já os limites da Andaluzia. Não tardou para o trem entrar na Estación de Santa Justa, onde a multidão de passageiros fervilhava e o burburinho se espalhava pelos corredores.

O calor em Sevilha era infernal. Toninho e Inês procuraram o chefe da estação e lhe explicaram o problema. Ele os aconselhou a esperarem ali, enquanto tentaria falar por rádio com as estações da RENFE (*Rede Nacional de Ferrocarriles*), numa das quais seu Júlio poderia ter descido equivocadamente. Os dois acolheram sua sugestão e ficaram ali à espera de notícias. Enquanto isso, enveredaram por uma animada conversa, na qual cada um contou um pouco de sua vida, e Toninho quase esqueceu que se achava em meio a um grande contratempo. Era uma curtição estar ali com Inês, algo inusitado que poderia contar para os amigos quando voltasse; mas, com o desaparecimento de seu pai, não se sentia à vontade e vez por outra seu semblante se anuviava.

A tarde progredia, e o sol, nada de baixar. O calor continuava forte e não havia nenhuma brisa para refrescar aquele dia tórrido de verão espanhol. Ali estavam mais próximos da África e a temperatura era ainda mais alta.

Uma hora depois, o chefe da estação finalmente voltou e lhes comunicou que não tinha novidades. Mas não deviam se preocupar, era comum esse tipo de desencontro. O Consulado do Brasil em Sevilha já fora avisado e a polícia da cidade estava de prontidão. Iriam levá-los em seguida a um hotel ali perto, onde deveriam aguardar notícias.

— *¿De acuerdo?* — perguntou o homem.

— *Sí, de acuerdo* — respondeu Inês.

— Esse hotel é perto do rio Guadalquivir? — perguntou Toninho, a um só tempo inconformado e curioso.

E apesar de ele ter se expressado em português, o homem entendeu e disse:

— *Sí, está cerca.*

— Por quê? — quis saber a menina.

— Por nada — respondeu o garoto.

Foram levados para o Hotel Doña María, próximo à catedral. Inês ficou no quarto 404. Ao seu lado, no quarto 405, Toninho podia avistar a Torre de la Giralda, antiga mesquita de Sevilha, cintilante e ereta, como se quisesse furar o céu azul, sem nuvens. Combinaram de se ver mais tarde para passear e jantar, mas o garoto não via a hora de ir à Torre del Oro atrás da terceira pista do jogo do ganso. Quando seu Júlio voltasse, se é que não fora sequestrado, eles não teriam perdido tempo nenhum. Assim, o garoto tomou banho rapidamente e, às escondidas de Inês, saiu atrás de sua meta. Apanhou na portaria do hotel um mapa da cidade e verificou que estava a poucos quarteirões do Guadalquivir.

— Beleza!

Caminhou, fascinado, pelas ruas estreitas do bairro de Santa Cruz, que se entrecruzavam em inúmeras esquinas, parecendo um labirinto. No jardim das casinhas em estilo árabe, avultavam pequenas fontes das quais a água brotava, suavemente. Eram oito horas, a noite descia, vagarosa, sobre o casario de Sevilha, mas o mormaço persistia. Desembocando na Praça Doña Elvira, o garoto foi surpreendido pelo perfume delicioso dos jasmins que cresciam nos canteiros. Os sevilhanos retornavam às suas casas e, em meio às ruas de pedra, Toninho sentia a emoção de penetrar num misterioso território. Queria apreciar melhor as belezas daquele bairro histórico, mas não podia demorar-se, ou teria de inventar uma desculpa para convencer Inês de que não fora egoísta ao sair sozinho. Afinal, ela tinha sido generosa, mudara seus planos para ajudá-lo. Resolvera acompanhá-lo até o hotel e seguir para Granada na casa do tio somente depois que seu Júlio estivesse de volta.

Toninho seguiu as indicações do mapa, atravessou logo o bairro de Santa Cruz, passou pela catedral e pegou a avenida de la Constitución, na parte moderna da cidade. Caminhou algumas quadras até que, finalmente, avistou lá adiante o rio Guadalquivir. Apressou-se e, em poucos minutos, chegou às suas margens. Naquele ponto, havia dezenas de embarcações ancoradas e, ao longe, a famosa Torre del Oro. Parecia uma pintura sob a luz do entardecer. Dali, cinco séculos antes, haviam saído grandes navegadores, em busca de novos mundos. Debruçou-se numa amurada do cais e maravilhou-se com a vista do rio, em cujas águas o sol já em declínio se refletia como uma moeda de ouro. Dirigiu-se à torre e encontrou ao redor dela um grupo de turistas japoneses tirando fotos e fazendo uma algazarra danada. Esperou que fossem embora e só então começou a sua busca. Era hora de ver se seu Júlio estava certo.

E ele estava. Porque não tardou para o garoto encontrar, num dos doze lados da torre, nas reentrâncias das pedras que davam para o rio, a inscrição *león árabe*. Abaixo dela, a figura do ganso e as iniciais OCMD.

— Uau! — exclamou Toninho, vitorioso!

Encontrara a terceira pista, que por sua vez continha as palavras para descobrir a quarta, e assim se aproximar cada vez mais do segredo da Ordem dos Cavaleiros Maçã Dourada. Era realmente fantástico. E tudo batia com as informações de Luiz Ribero. Os sinais inscritos na argola presa à pata da ave no tabuleiro original, na Puerta del Sol e na Torre del Oro, correspondentes às pistas, não eram tão difíceis de serem achados. Ficavam meio às claras, como as próprias etapas químicas que estavam disfarçadas nas casas do jogo do ganso, mas só seriam decifrados por um iniciado na Alquimia. Se assim não fosse, daria para desconfiar da facilidade. Agora tinha um novo desafio. Precisava descobrir o que significava aquele leão árabe. Tinha de pensar como os alquimistas da Idade Média, entrar na frequência deles, como dissera seu pai com a convicção dos velhos tempos. Aliás, onde estaria ele? Talvez a polícia espanhola tivesse logo alguma novidade. Impossível alguém sumir assim, tão de repente. O importante é que, quando seu Júlio chegasse, eles já teriam a informação de que precisavam para prosseguir a busca. Toninho estava seguro de que ganhara um aliado, sentia reflorescer em seu pai o antigo interesse pelos conhecimentos alquímicos.

Alegre, o garoto regressou ao hotel e encontrou Inês no saguão à sua espera.

— Onde tu te meteste? — perguntou ela.

— Por aí — respondeu ele. — Será que temos notícia do meu pai?

— Já perguntei para a gente da recepção — disse a menina. — Até agora nada.

— Ele já devia ter chegado — disse Toninho, aborrecido. — Será que aconteceu alguma coisa grave?

Pensava na Confraria das Sombras e torcia para estar errado em relação ao sumiço de seu pai. Mas sentia que algo obscuro estava acontecendo, uma névoa espessa que seu sexto sentido não podia atravessar.

— Calma, ó gajo! — disse Inês. — Isso é coisa miúda. Notícia ruim chega logo.

— É, tem razão.

— Vamos sair a passear?

— Vamos — disse o garoto. — Já dei uma voltinha e adorei.

— Sevilha é belíssima — concordou ela. — Tem muita história. Grandes navegadores aportaram aqui.

— É verdade!

— Podíamos ir até a Torre del Oro — sugeriu a garota.

— Que torre é essa? — perguntou Toninho, disfarçando.

— Uma linda construção às margens do rio Guadalquivir, onde atracavam as caravelas vindas das Índias.

— Vamos deixar pra amanhã — disse o garoto, que há pouco visitara a torre. — Acho que andar pelo bairro de Santa Cruz seria mais interessante.

— E que tal irmos aos dois lugares? — propôs Inês. — Ainda está claro. Depois comemos alguma coisa por aí.

— Só tem um probleminha.

— Qual é?

— Estou duro.

— Como estás duro? — perguntou Inês, surpresa. — Não te podes mover?

— Não, não é nada disso — respondeu Toninho. — É uma expressão nossa, lá do Brasil. Significa que estou sem dinheiro.

— Bem, eu pago a tua comida. Depois tu acertas comigo.

— Assim tá bom.

Passearam pelo bairro de Santa Cruz, àquela hora já mergulhado nas sombras amenas do anoitecer. O calor abrandara e uma brisa arisca vez por outra soprava pelas vielas, polvilhadas aqui e ali por turistas ruidosos. As luzes das pequenas casas em estilo árabe se acendiam aos poucos. O forte perfume dos jasmins pairava no ar, insinuando uma atmosfera romântica. Toninho adorou caminhar, àquela hora, na companhia de Inês, que seguia ao seu lado, leve, como num sonho. Na Praça de Santa Cruz, sentaram num banco para descansar, diante de um canteiro de arbustos cercado de laranjeiras. Descansaram um pouco e, em seguida, foram a um restaurante.

— Que tal uma *paella*? — sugeriu ela.

— Ótima sugestão — concordou ele.

Comeram e depois Inês insistiu novamente para que fossem conhecer a Torre del Oro. Quando chegaram lá, a noite já descera por completo. A lua brilhava no céu e se refletia nas águas do rio Guadalquivir, assim como as luzes das casas na margem oposta. Era uma vista lindíssima e, envolvida na calma misteriosa da noite, pareceu a Toninho ainda mais bela. Ele se sentou na amurada ao lado do rio, onde turistas passavam em grupos, felizes, na direção dos barcos que saíam lotados, enquanto Inês se deslumbrava contemplando a distância a torre que, iluminada por holofotes, resplandecia como um farol dourado na noite.

— Quero ver de perto — disse a garota, e foi em frente.

Toninho seguiu-a e, para disfarçar, mostrou-se admirado com a beleza daquela obra, que visitara uma hora atrás. Havia ali uma aglomeração de visitantes, quando se aproximaram. Inês se enfiou no meio deles e ficou rodeando a torre, encantada. Toninho preferiu contemplar dali a outra margem do rio, de onde os barcos zarpavam a todo instante. Depois que os turistas se dispersaram, percebeu que Inês olhava demoradamente as paredes do monumento, de uma forma que lhe pareceu suspeita. Julgou, contudo, que fosse o interesse histórico dela e só quando a menina sumiu do outro lado da torre — onde ele encontrara a terceira pista — e voltou, sorrindo, foi que Toninho teve um clique. Será que ela sabia do segredo dos alquimistas? Estaria também à procura da inscrição?

— Tava procurando algo? — perguntou ele, ao vê-la se aproximar.

— Não — respondeu ela. — Por quê?

— Nada.

— Esta torre é um marco.

— Pois é.

— Tem muita história para contar.

— Mais do que você imagina — disse Toninho.

— E mais do que tu sabes — disse Inês.

— Ah é?

— Sabes por que se chama Torre del Oro?

— Não — disse o garoto.

— Porque era aqui que as caravelas chegavam com os carregamentos de ouro — respondeu ela.

Toninho dera uma olhada no livro sobre rios espanhóis e sabia que a razão desse nome era outra. Devia-se aos reflexos do sol nos azulejos, que existiam na parte alta da torre, e davam-lhe uma tonalidade dourada. Mas não quis discutir.

— É, pode ser.

— Bem, é hora de criança dormir — disse Inês, bocejando. — Vamos voltar?

— Sim — disse ele. — Tive um dia cheio hoje.

No hotel, infelizmente, nenhuma notícia de seu Júlio. Seria preciso aguardar até a manhã seguinte para saber se a polícia descobrira alguma coisa.

Deitado na cama, no escuro de seu quarto, de onde podia ver pela janela a Giralda, o garoto se sentia confuso. Aquela história lhe parecia estranha demais. O pai desaparecera de uma hora para outra. Ele, Toninho, conhecera aquela portuguesa simpática. Ela realmente o ajudara, mas era curioso que estivera também em Toledo, onde haviam encontrado a primeira e a segunda pistas. Inclusive alguém quisera comprar lá no antiquário o tabuleiro original do jogo do ganso. Agora, em Sevilha, Inês insistira para que fossem à Torre del Oro, de onde voltara feliz e saltitante. Estaria também à procura e teria encontrado a inscrição *león árabe*? E o que significava? Existiria alguma estátua de leão onde Lope Prado deixara a marca? O que a garota saberia sobre os alquimistas? Ela não dissera que iria para a casa de um tio em Granada? Estaria mentindo? Ancorado a essas e a outras dúvidas, como se fosse uma caravela impedida de partir, Toninho mergulhou por fim no sono.

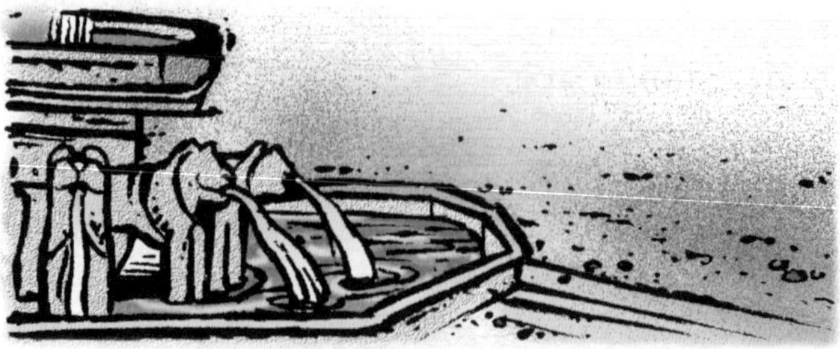

FANTÁSTICA COINCIDÊNCIA?

Eram sete horas da manhã, quando Inês bateu à porta do quarto 405.

— Quem é? — perguntou Toninho, do outro lado.

— Sou eu — disse ela. — Está na hora de acordar, preguiçoso.

— Tá bom.

— Vais demorar muito?

— É só o tempo de tomar um banho — respondeu ele, sonolento.

— Bem, estou a te esperar lá embaixo — disse ela.

Nem bem amanhecera e o sol já parecia uma bola vermelha, incandescente, no céu de Sevilha. Toninho aprontou-se, rápido, e desceu até o saguão do hotel. Encontrou-se com a menina e foram à recepção em busca de notícias de seu Júlio. O gerente disse que ainda não tinha novidades, mas um funcionário da polícia sevilhana telefonara, pedindo que Toninho permanecesse no hotel pela manhã. Alguém viria conversar com ele.

— Esta história tá me cheirando mal — disse o garoto, preocupado.

Desejava logo reencontrar o pai para lhe contar a descoberta da terceira pista e discutir o significado da inscrição *león árabe*. Por enquanto, os astros estavam a favor, mas o tempo corria e agora só tinham nove dias. Se seu Júlio não aparecesse logo, as coisas iam se complicar. Não porque Toninho tivesse de seguir a busca sozinho, uma vez que já saíra do Brasil preparado para isso. Mas porque talvez algo estranho tivesse de fato acontecido a seu pai, e o garoto não pudesse ajudar.

— Não há de ser nada — disse Inês, confortando-o.

— Já era pra ele ter chegado — disse Toninho.

— Tudo vai se esclarecer, ó gajo!

— Quero só ver.

— Estou morrendo de fome — disse ela. — Vamos tomar nosso pequeno almoço?

— Não é muito cedo pra almoçar? — perguntou ele.

— Pequeno almoço é como chamamos a primeira refeição do dia — explicou Inês. — Como é mesmo no Brasil?

— Café da manhã.

— Pois sim, café da manhã — repetiu ela.

— Só que tem gente que não toma café no café da manhã — disse ele. — Eu, por exemplo.

— Engraçado — sorriu Inês, o azul dos olhos brilhando.

— Engraçado é esse tal de pequeno almoço — atalhou o garoto. — Por que pequeno?

— Porque não chega a ser um verdadeiro almoço.

No restaurante, Inês colocou sua bolsa numa cadeira e, enquanto Toninho aguardava o garçom que se aproximava com bules de café e de leite, ela foi até o bufê se servir de frutas.

O garçom chegou, atendeu o garoto e, ao se virar subitamente, desequilibrou-se e derrubou a bolsa de Inês, espalhando todo seu conteúdo pelo chão.

— *Perdón, señor* — desculpou-se o homem.

— *No pasa nada* — respondeu Toninho, gastando seu espanhol.

Agachou-se, em seguida, para recolher os objetos que haviam caído e, quando apanhou a carteira de identidade da menina, teve um sobressalto. Ela chamava-se Inês Prado. Tinha o mesmo sobrenome de seu ascendente, o alquimista Lope Prado. E Lope Prado havia conseguido escapar da Inquisição, fugindo para Portugal. Será que ele havia se casado por lá? Inês seria sua remota descendente? A mente do garoto voava, engendrando hipóteses. Estava desconfiado, mas não, não era possível. Lope Prado não seria louco de manter o mesmo nome em Lisboa, terra tão próxima à Espanha. Certamente teria mudado de identidade. O homem que conhecia o segredo da pedra filosofal iria se arriscar de maneira tão ingênua? Ou essa era justamente a tática de um mago? Deixar tudo à vista?

Não, Toninho estava imaginando coisas. Era só uma coincidência. Mas, como um jovem aprendiz, ele sabia que coincidências não existiam. Tudo tinha uma causa e um efeito. Nada era fruto do acaso. Essa era uma das leis básicas do universo. Aquela história de que Newton descobrira a lei da gravidade quando uma maçã caíra na sua cabeça era folclore. E o que Inês fazia em Toledo, se sua família estava em Madri? Por que voltara tão feliz da visita à Torre del Oro? Depois que ele a conhecera no trem, seu Júlio estranhamente desaparecera. Não teria ela a ver com aquele sumiço? Seria uma espiã da Confraria das Sombras? Toninho titubeava. Precisava investigar a vida de Inês sem que ela suspeitasse. Afinal, até ali se mostrara uma amiga fiel, que vinha ajudando-o como intérprete, pagando inclusive suas despesas, e poderia se sentir ofendida se percebesse as intenções dele. Era um risco que corria. Precisava agir com cautela, ou perderia a única pessoa que estava disposta a ajudá-lo. Seu sexto sentido oscilava, Inês poderia ser mesmo uma garota em férias na Espanha e nada mais...

Quando voltou à mesa, ela o surpreendeu, distraído, com a carteira nas mãos.

— O que estás a fazer? — perguntou a menina.

— Nada — disfarçou Toninho. — O garçom derrubou sua bolsa e eu tô recolhendo tudo.

Inês não pareceu satisfeita com a resposta. O garoto aproveitou então para mudar de assunto e tirar a dúvida que o perturbava:

— Bonito o seu sobrenome — disse ele.

— Nem tanto — ela disse, dando um gole num copo de suco de laranja. — Prado é um sobrenome comum em Portugal.

— Eu não sabia — disse o garoto.

— É igual a Oliveira, Pereira, Loureiro — disse Inês. — Tem às pencas.

— Gozado — comentou ele. — São todos nomes de árvores.

— Sabes por quê?

— São árvores comuns em Portugal — arriscou Toninho.

— Pois sim — disse ela. E aproveitou para se exibir um pouco: — Saibas que as pessoas viviam no campo, séculos atrás. As cidades estavam decadentes e quase ninguém fazia viagens longas. Assim, não era preciso se diferenciar um homem chamado Pedro de outro Pedro que vivia em outras terras. Mas depois, com as feiras comerciais, as cidades renasceram e muita gente passou a se deslocar para lá e para cá. Aí a coisa se complicou.

— É óbvio — disse o garoto.

— Era uma imensa confusão — continuou a menina, orgulhosa de seus conhecimentos. — Tu ias procurar por Pedro. E não tinha só um Pedro, mas uma porção. Tu perguntavas para as pessoas e elas respondiam: "Qual Pedro?". Daí, tu lembravas que nas terras dele tinha um pé de pêra. E dizias: "O Pedro da Pereira". Se ele cultivava olivas, tu dizias: "O Pedro da Oliveira". Ou se vivia perto de um pé de louro, era Pedro Loureiro.

— Mas não eram só árvores — disse Toninho, visivelmente aborrecido.

— Não — disse ela. — Qualquer coisa que pudesse diferenciar uma pessoa de outra com o mesmo nome. Rocha, por exemplo. Na certa, era alguém que morava perto de uma rocha. Cunha, alguém que trabalhava com a cunha. Ferreira, alguém que trabalhava como ferreiro.

— Tá bom, tá bom!

— E isso vale também para os espanhóis — prosseguiu a menina. — O sobrenome do meu tio que mora em Granada é Molinero. Vem da palavra *molino*, que quer dizer moinho. Algum antepassado da nossa família provavelmente possuía um moinho. O nome completo da personagem principal do livro que tu estás lendo é Dom Quixote de La Mancha. Porque Dom Quixote vivia na região de La Mancha.

— É, tô ligado.

— *Ligado*? — estranhou Inês.

— É outra expressão nossa — esclareceu Toninho. — Quer dizer *tô sabendo*.

— Ah, bom! — disse ela. — Mas, continuando, para evitar confusões entre pessoas com o mesmo nome, valia tudo: o lugar de origem, a profissão, a paisagem ao redor.

— Você gosta mesmo de história — disse Toninho, já arrependido de ter dado corda à amiga.

— Aliás, não vou a Granada só pra visitar meu tio — comentou Inês. — Lá é uma cidade histórica, onde nasceu um antepassado da minha família.

— Um antepassado?

— É. E tem o famoso Alhambra que eu quero conhecer.

— O que é isso?

— Uma maravilhosa fortaleza construída pelos árabes — respondeu Inês.

Fez uma pausa, guardou a carteira que Toninho lhe estendia e perguntou:

— Tu não queres ir a Granada comigo?

— Bem que eu gostaria, mas não posso — disse ele.

— É perto daqui. E talvez meu tio possa te ajudar.

— Não sei não.

— Por que não?

— Não pediram pra eu ficar no hotel?

— Ó gajo, deixes de tolice.

— E se meu pai chegar?

— Ele te espera.

Toninho hesitou. Se seu Júlio chegasse, contaria para ele no ato o que descobrira e não perderiam tempo. O pai certamente o ajudaria a decifrar mais depressa a inscrição *león árabe*. Mas e se ele não chegasse? Toninho ia ficar ali, trancado, enquanto poderia se divertir com aquela amiga portuguesa. Amiga? Será que o sobrenome Prado era tão comum mesmo em Portugal? De qualquer maneira, ele estava de férias na Espanha, devia aproveitar o máximo. Não sabia quando teria outra oportunidade de voltar ali. Até então a sua prioridade era o jogo do ganso, não conhecera de perto a tão sonhada *Guernica* de Picasso, e tampouco tivera oportunidade de assistir a uma tourada ou a uma partida de futebol. Embora em segundo plano nesta sua viagem, também estava interessado no modo de vida dos espanhóis, seus costumes e suas atrações turísticas. E desejava ir com Inês conhecer essa tal fortaleza árabe. Quem sabe não tinha alguma coisa a ver com o leão árabe? E mais: seu avô Antônio nascera em Granada, Lope Prado também e lá surgira a Ordem dos Cavaleiros Maçã Dourada. Podia procurar Luiz Ribero, que talvez ainda vivesse lá. Se não era distante de Sevilha, não custava nada arriscar. Aprendera que a inspiração vinha nos momentos mais inusitados. Einstein costumava tê-la fazendo a barba. E Toninho se lembrava de quando o pai lhe contara às gargalhadas que a ideia da Reforma Protestante surgira depois de uma caganeira de Martinho Lutero. Quem sabe desligando-se um pouco do compromisso de decifrar a quarta pista, não acabasse por encontrá-la?

— É, você tem razão — respondeu ele.

— A estação de ônibus é cá do lado — disse Inês. — A recepcionista do hotel me ensinou como chegar lá.

— Tudo bem — disse Toninho. E, lembrando-se de que possuía um cartão de crédito e devia pagar Inês, completou: — Preciso tirar dinheiro!

— Depois tu acertas comigo — disse a menina. — Assim não perdemos tempo.

— Tá bom, eu topo.

— *Topo?*

— Topar no Brasil é concordar.

— Tu me vens com cada uma!

Toninho terminou seu café da manhã, e Inês, o seu pequeno almoço. Então subiram aos seus quartos. Reencontraram-se minutos depois na portaria e, quando saíam do hotel, o gerente disse, apontando para o garoto:

— *¡Ei, joven! No puedes salir.*

— *Él no saldrá* — disse Inês, vindo em socorro do amigo. — *Nosotros nos quedaremos adelante a mirar la calle.*

— *Bueno...*

Ficaram ali, à porta do hotel, observando as pessoas que passavam pela rua ensolarada. Apesar de ser cedo, o calor já era intenso. O clima de Sevilha era quase desértico, e não por acaso os árabes haviam se adaptado tão bem ao sul da Espanha até serem expulsos pelos Reis Católicos.

— Vou ter de sair escondido? — perguntou Toninho.

— É o jeito — respondeu ela.

— Mas não fiz nada!

— É realmente uma situação esquisita — disse Inês.

Esperaram um pouco, distraindo-se com o movimento dos automóveis e as levas de turistas que passavam.

— Vamos, apressa-te, ó gajo — ordenou a garota, de repente. — Ninguém está a nos olhar. — E saiu em disparada rua abaixo.

Toninho foi em seu encalço, pensando que poderia estar se metendo numa confusão, mas era melhor que perder a manhã dentro do hotel.

Pegaram o ônibus e partiram para Granada. Graças à altura de Inês e ao seu desembaraço, o motorista não percebeu que ela era menor de idade, não lhe pediu a autorização e, como Toninho a acompanhava, também nem checou a dele.

Na viagem, enquanto a paisagem seca desfilava lá fora, salpicada aqui e ali por oliveiras, eles foram se conhecendo melhor. O garoto contou suas experiências químicas, que lhe valeram uma porção de apelidos no colégio, e seu gosto pelo desenho, lamentando não ter visitado ainda o Museu do Prado. A menina, por sua vez, falou entusiasmada de sua paixão pela História: extasiava-se ao estudar como era a vida cotidiana nos castelos, como haviam surgido as cidades, e falou com orgulho do sangue árabe que corria em suas veias.

— Na Espanha, sinto-me em casa — disse ela e concluiu: — Acho que é herança desse meu antepassado.

— E quem era ele? — quis saber Toninho, ainda desconfiado do sobrenome de Inês.

— Bem, ele era um alquimista — disse ela.

— Na certa, ele também queria descobrir a pedra filosofal — comentou o garoto.

— Pois sim. Pertencia a um grupo que se reunia num templo construído no meio de uma montanha.

— Perto de Granada?

— Isso mesmo.

— Como se chamava esse grupo?

— Não sei — respondeu Inês. — Por quê?

— Achei que você conhecia bem a história dele.

— Não sei o nome do grupo, mas tinham a maçã como símbolo.

— Maçã? — perguntou Toninho, cada vez mais desconfiado.

— É, uma maçã — confirmou ela. — E parece que também tinham devoção por uma ave.

— Um ganso? — deixou escapar o garoto.

— Exatamente — confirmou a menina. E, voltando-se para ele, perguntou: — Mas como tu sabes disso?

— Andei lendo sobre os magos espanhóis do fim da Idade Média — esnobou ele.

— Que mais sabes sobre eles?

— Foram queimados pela Inquisição — explicou o garoto, com ar de superioridade. — Sabiam transformar o chumbo em ouro e não queriam revelar o segredo. Esconderam a fórmula tão bem que até hoje ninguém a encontrou.

— Pena que é só uma lenda — exclamou Inês.

— E se fosse verdade? — perguntou Toninho.

— Mas não é!

— Nunca se sabe...

— Não vás me dizer que tu acreditas! — caçoou a menina.

— Pois acredito — disse ele, convicto.

— Oh, meu Deus, como és ingênuo!

— "Há mais mistérios entre o céu e a terra do que possa imaginar a nossa vã filosofia" — disse Toninho, repetindo os versos de Shakespeare.

— Concordo — disse Inês. — Mas essa história não tem mistério nenhum. É puro folclore.

— Existem registros sobre eles na Biblioteca Nacional, em Madri, e também nos autos da Inquisição — disse o garoto, indignado.

— Não estou a duvidar da existência deles.

— Do que você duvida então?

— De que deixaram uma fórmula secreta — disse Inês.

— Pois eu tenho certeza — afirmou Toninho, incisivo. E completou, sem perceber que se traía: — Lope Prado conseguiu fugir com ela.

A menina arregalou os olhos.

— Lope Prado? Esse é o nome de meu antepassado! Como sabes que ele tinha a fórmula secreta?

— Sabendo, oras — disse Toninho.

— Isso não é resposta.

— Li num livro.

— Mentira — disse ela. — Não consta em livro nenhum essa informação.

O garoto sentiu que se afundava num labirinto. Seria difícil convencê-la sem contar tudo o que sabia sobre a Ordem dos Cavaleiros Maçã Dourada e as descobertas que fizera no próprio tabuleiro do jogo e na Puerta del Sol, em Toledo, e na Torre del Oro, em

Sevilha. O que dizia a sua intuição de jovem mago? Podia ou não contar a Inês o que sabia? Toninho vacilava. Será que ela era confiável? Não se tratava de partilhar com uma pessoa, há pouco desconhecida, um segredo qualquer, e sim as informações sigilosas que conduziriam ao tesouro maior da Alquimia. Mas, apesar de seu espírito tumultuado, o garoto sentia que Inês aparecera para ajudá-lo. Era como se ele se visse dotado, realmente, da capacidade de ler pensamentos. Como se cada fato fosse uma carta do tarô, que ele tão bem aprendera a jogar. E o que lia agora o levava a acreditar na menina. Não podia ser mera casualidade. Entre tantas garotas que giravam pela Europa, por que fora conhecer justamente ela? Deveria ser mesmo a *tatwa*, o momento oportuno para que o mistério fosse desvendado. Mais um indício, portanto, de que ele estava no caminho certo. Contudo, diante do poder de transmutar o metal mais vil no mais nobre, que o tornaria um alquimista famoso e também milionário, muita coisa poderia mudar. Inclusive o caráter dela, por hora tão correto. A cobiça costumava devastar a integridade das pessoas: transformava homens generosos em sanguinários, amigos em traidores, anjos em demônios. A História estava cheia de exemplos de irmãos que se matavam na hora de dividir a fortuna da família. Olhando a situação por outro ângulo, ninguém garantia que ele conseguiria, sozinho, descobrir todas as pistas e chegar à chave da interpretação do jogo do ganso. Na falta de seu Júlio, Inês poderia ser uma aliada nessa busca, quem sabe não estivesse fingindo ignorância sobre o assunto e, na realidade, possuísse informações valiosas sem as quais o mistério continuaria oculto? E se ela era mesmo descendente de Lope Prado, corria em suas veias o mesmo sangue dele, Toninho. Tinham, portanto, um laço legítimo de parentesco. Ou não? Lope Prado conseguira fugir para Portugal como se sabia, mas por que não mudara o nome? Teria deixado filhos lá? Teria legado a eles o segredo da Ordem dos Cavaleiros Maçã Dourada? Inês poderia lhe dar essas respostas. Toninho tinha à sua frente o esboço de um quadro, faltavam as cores que lhe dariam vida.

Lá adiante, numa curva longa da estrada, surgiam as primeiras casas de Granada.

— E então? — disse a menina, olhando para ele, que se mantinha em silêncio. — Não vais me contar?

NOVA REVELAÇÃO

O GAROTO ouviu a sua voz interior e decidiu confiar na menina. Mas precisava averiguar o que ela fazia em Toledo, certificar-se de que não era uma rival na busca pelo segredo do jogo do ganso.

— O que você foi fazer em Toledo?

— Fui a passear com meus pais.

— Você tava sozinha!

— Eles tinham entrado na catedral.

— Humm... E na Torre del Oro? — perguntou Toninho.

— Gosto de monumentos históricos — respondeu a menina.

— Não estava procurando nada? — insistiu ele.

— Não, apenas apreciava sua beleza. Sem pressa alguma, estava a observar bem os detalhes, como sempre faço.

— E por que voltou de lá toda sorridente?

— Ora, eu estava feliz! Há tempos desejava conhecer essa torre tão famosa — afirmou Inês, e emendou, desconfiada: — Por quê?

— Você logo entenderá.

Convencido de que ela nada sabia, Toninho argumentou que a história era complicada e achava melhor contá-la de uma só vez, quando chegassem à rodoviária de Granada.

— Por que estás a fugir? — perguntou Inês.

— Não tô fugindo — respondeu ele. — É que o assunto é seriíssimo. Você nem imagina!

— Tu andas com segredos demais.

— Ninguém pode nos ouvir — cochichou Toninho. — Precisamos ter muito cuidado.

Era uma hora da tarde quando o ônibus entrou em Granada. O sol fulgurava nas calçadas e havia congestionamento nas ruas de acesso à rodoviária. Depois de desembarcarem, Inês arrastou o garoto para uma lanchonete. Pediu *churros* com chocolate para ambos e depois ordenou, incisiva:

— Vamos, conta-me!

Toninho olhou para os lados, verificou se não havia ninguém por perto e, à meia-voz, começou seu relato, não sem antes obter dela a promessa de que não o interromperia. A menina concordou e ele então contou sobre a carta que seu avô Antônio recebera, poucos meses antes de morrer, do primo espanhol, Luiz Ribero, narrando os dons alquímicos de Lope Prado, ascendente distante da família, que vivera entre os séculos XV e XVI. Falou da participação dele nas reuniões sigilosas da Ordem dos Cavaleiros Maçã Dourada, sociedade secreta que reunia os magos da Andaluzia, e cujos estudos haviam resultado na descoberta da pedra filosofal, a fórmula química capaz de transformar o chumbo em ouro. Contou da perseguição que sofreram pelas autoridades da Inquisição. Explicou que esses cavaleiros, sentindo o cerco de Torquemada, o inquisidor daquela época, codificaram o segredo numa brincadeira infantil, o jogo do ganso, uma das aves caçadas na península Ibérica. E o jogo se espalhou pelo reino castelhano, a começar pela cidade de Toledo, onde vivia Torquemada, que não poupava da fogueira nenhum livro ou documento encontrado sob o poder dos alquimistas. O jogo do ganso continha, às ocultas, em suas 63 casas, todas as etapas necessárias para se conseguir a transformação do chumbo em ouro. Mas era preciso descobrir primeiro a chave para interpretá-las, que seria encontrada ao fim das sete pistas deixadas por Lope Prado. E, como esse jogo se popularizara durante os séculos seguintes e tinham surgido muitas imitações, só encontrando o jogo original é que teriam chance de decifrar o segredo, já que a fidelidade aos detalhes dos desenhos de cada casa devia ser fundamental para a correta decodificação. Por empenho e sorte, já o haviam encontrado num antiquário em Toledo, mas, como não conseguiram comprá-lo, Toninho fizera um desenho o mais minucioso possível do tabuleiro, e o garoto o mostrou a ela, sorrateiramente.

Apaixonada por História, Inês o ouvia com atenção; magnetizada pelas suas palavras, os olhos azuis brilhavam. O garoto continuou, revelando as descobertas que seu Júlio fizera na Biblioteca Nacional, em Madri. Narrou a prisão dos cavaleiros e a fuga inexplicável de Lope Prado para Portugal, levando consigo a chave do mistério. Enumerou as pistas que haviam encontrado, em Toledo, no tabuleiro original e na Puerta del Sol; e, em Sevilha, na

Torre del Oro. Estava no caminho certo, mas, com o desaparecimento de seu pai, as coisas poderiam se atrasar. E não havia tempo a perder, pois uma conjunção astral favorável, que só se repetia uma vez a cada cinco séculos, poderia ajudá-lo a se apossar do segredo. O problema é que essa conjunção duraria doze dias, e já estavam no quarto dia. Restavam oito. E, ele, Toninho, nem imaginava o que significava a inscrição da terceira pista, *león árabe*, que o levaria à quarta. Precisava desvendá-la para continuar a busca. Antes que Inês fizesse qualquer pergunta, ele apressou-se a dizer que Luiz Ribero passara a vida vasculhando a saga da Ordem dos Cavaleiros Maçã Dourada e garantia que havia chegado a *tatwa*, o momento propício para o enigma ser enfim elucidado. Não era por acaso que eles, Toninho e Inês, descendentes de Lope Prado haviam se conhecido nessa viagem. Provavelmente tudo tinha uma secreta conexão. Tudo interagia, e o fato de estarem ali era uma indicação profética, uma prova cabal de que, depois de quase cinco séculos, era a hora de vir à luz o grande segredo dos alquimistas. Mas havia muito caminho pela frente. Eram sete pistas que os levariam à explicação de como lançar luz ao conhecimento cifrado nas casas do jogo do ganso e faltava descobrir as outras. Certamente, ele teria de ir a outras cidades e não podia vacilar, o tempo voava e aquela conjunção astrológica logo terminaria. Estava interessado em conhecer Granada, mas precisava descobrir qual o significado da inscrição que encontrara em Sevilha, às margens do Guadalquivir. Por isso, sentia-se apreensivo e, antes de calar-se, alertou Inês sobre o perigo da Confraria das Sombras, talvez responsável pelo desaparecimento de seu pai, motivo pelo qual tinham de ser precavidos ao extremo.

— Bem, isso é tudo — concluiu ele.

Boquiaberta, Inês agarrava-se ao silêncio, com um pedaço de *churro* na mão. A narrativa a absorvera. Encantara-se com as explicações, sobressaltara-se com as coincidências e, por fim, convencera-se de que, junto com Toninho, tinha agora uma grande missão a cumprir. Era uma reviravolta em sua viagem de férias, estava decidida a não mais visitar seu tio, embora já estivesse em Granada. Queria se engajar logo nessa perigosa missão. Agradeceu ao garoto o voto de confiança, afinal havia confidenciado a ela, até então uma estranha, aquele segredo extraordinário e, para suavizar um pouco a responsabilidade — que agora também partilhava com ele — de desvendar as pistas deixadas por seu antepassado alquimista, resolveu quebrar o gelo:

— Tu confiaste em mim — disse ela, sorridente. — E se eu fosse da Confraria das Sombras?

— Mas você não é!

— Como sabes?

— Intuição de mago — respondeu Toninho. — Sou bom neste assunto.

— Presunçoso!

— Escuta, não é hora de brincadeira — disse ele, mudando de tom. — Agora me diga: o que você sabe de Lope Prado?

— Pouca coisa. Minha mãe é que diz que somos descendentes dele, mas não tem certeza — respondeu Inês. — Eu não sabia de nada do que me contaste.

— Pois agora sabe.

— E o que vamos fazer agora? — perguntou ela.

— Vamos conhecer o Alhambra! — disse ele.

— Temos de decifrar a terceira inscrição — disse Inês, ansiosa.

— Eu sei.

— E então? Não estás mais apreensivo?

— Se pensamos muito no problema, não vamos a lugar nenhum — disse Toninho.

— E o que tu sugeres?

— Esquecer o problema.

— Esquecer?

— Assim chegamos mais depressa à solução.

— Será?

— Os fatos comprovam que estamos na *tatwa* — disse o garoto. — Só é preciso manter a calma.

— Não sei não — disse Inês, contrariada. — Espero que teu pai apareça logo para nos ajudar.

— Não se preocupe — disse Toninho. — Deixar a mente livre é meio caminho andado pra nossa intuição florescer e a gente chegar à quarta pista.

— Espero que estejas certo.

— Eu também — disse ele, não inteiramente convicto. E para animar a si e também a ela, disse: — O universo conspira a nosso favor.

Inês acabou de devorar seu *churro* com chocolate, pagou a conta e os dois foram até o balcão de informações da rodoviária. Apanharam um mapa turístico da cidade, localizaram nele o Alhambra, estudaram o itinerário mais curto para chegar até lá e se meteram pelas ruas de Granada. Alguns pés de romãs nas calçadas chamaram a atenção dos dois e Inês descobriu, lendo o mapa, que essa fruta em espanhol chamava-se *granada*, porque dava pequenos grãos, e dela se originara o nome da cidade. Desembocaram numa praça. Toninho foi o primeiro a avistar ao alto o majestoso castelo do Alhambra, tendo ao fundo a Sierra Nevada, onde Lope Prado e seus amigos se reuniam na Idade Média, e ficou paralisado. Seu coração batia sob o peito como as asas de um pássaro louco. Inês também olhava, comovida, aquela fantástica obra que avultava ao longe, a última célula do império árabe, subjugado pelos Reis Católicos no final do século XV. Dali tinham realmente uma vista espetacular da fortaleza, de seus muros cor de bronze, suas torres imponentes ao sol, as árvores que se levantavam de seu interior. Dezenas de turistas se aglomeraram também ali para contemplar, a distância, o esplendor daquela edificação.

Tinham de pegar uma longa e acentuada ladeira para chegar aos portões de entrada do Alhambra, mas a beleza do castelo os fascinara a tal ponto que subiram quase correndo.

— Putz, que dureza! — disse o garoto, quando chegaram.

— O coração está a me sair pela boca — disse Inês, arfante.

A menina comprou os ingressos na bilheteria e recebeu um mapa das atrações do lugar. Começaram pela Calle Real, ladeada por ciprestes, cuja sombra e frescor, àquela hora da manhã, com o sol já intenso, tornavam o passeio ainda mais agradável. Passaram por um hotel, situado dentro da própria fortaleza, e Toninho se admirou com as macieiras carregadas de frutas que havia por ali e se lembrou do Jardim das Hespérias e suas maçãs de ouro. Depois, seguiram para o Generalife, sede do governo árabe; deslumbraram-se com seu interior e, por uma das janelas, o garoto contemplou demoradamente, emocionado, o bairro do Albaicín, todo de casinhas brancas, onde ele sabia que nascera seu avô Antônio. De lá, passearam pelos jardins do Generalife, transbordando de flores coloridas, e onde uma fonte manava suas águas mansamente, produzindo um rumor agradável. Inês lia as informações no verso do mapa, correspondentes a cada ponto da visita, e traduzia para o amigo. Segundo o texto explicativo, os reis árabes recebiam ali os melhores alquimistas espanhóis e aqueles vindos do Oriente. Estavam desfrutando da companhia um do outro, felizes, vivendo um raro e delicioso momento de liberdade partilhada. Prosseguiram a visita, passando pelas torres do Alhambra, construído estrategicamente naquele planalto, de onde se podia notar a aproximação dos inimigos de qualquer ponto que viessem. Sentiam ambos como se penetrassem no espírito da época e pararam, a fim de descansar num banco sob as árvores. Toninho fechou os olhos, saboreando a fundo aquela emoção inesperada, e Inês voltou a ler as explicações do mapa, silenciosamente. Porém, de súbito, ela deu um grito, assustando uma família de turistas que passava, e exclamou:

— Minha Virgem de Fátima!

— O que foi? — perguntou o garoto, arrancado de seu doce torpor.

— Acho que tu tens razão — disse ela, e ergueu o mapa do Alhambra. — O universo realmente conspira a nosso favor.

— Não tô entendendo — resmungou Toninho.

— Como era mesmo a inscrição que encontraste na Torre del Oro?

— *León árabe.*

— Aqui tem um lugar chamado Pátio dos Leões — disse ela, excitada. — Veja, está no mapa!

O garoto fez imediatamente a ligação. O Alhambra era uma fortaleza árabe, de onde se podia avistar a Sierra Nevada. Havia abrigado alquimistas e tinha o Pátio dos Leões. Podia estar ali a pista que procuravam.

— E onde é esse pátio? — perguntou ele, ansioso.

— É por aqui — respondeu Inês, apontando para a esquerda.

— Vamos lá!

Correram por entre as pessoas que passeavam ali calmamente e, num instante, chegaram ao pátio. No centro, iluminada pelo sol a pino, uma fonte avultava, imponente, cercada por várias estátuas de leão de boca aberta. Alguns turistas giravam ao seu redor, admirando-lhe a beleza. Quando se afastaram, Toninho e Inês foram para lá, mas notaram a presença de um guarda de prontidão. Fingiram que liam no mapa algo sobre a fonte e combinaram em voz baixa que Inês distrairia o guarda para que Toninho pudesse procurar o sinal sem pressa. E assim procederam. Enquanto ela perguntava ao segurança sobre as atrações da fortaleza, o garoto se pôs a investigar. Sabia que a marca dos cavaleiros não costumava ficar em lugares tão imperceptíveis. Procurou nas orelhas e caudas dos leões e nada. Mas não demorou para encontrar na pata de um deles o desenho do ganso e as letras OCMD, seguidas da frase *río de la segunda.*

Quando percebeu que Toninho se afastava, sorrindo, Inês agradeceu ao guarda pela informação e juntou-se ao amigo.

O garoto lhe contou então o achado, quase explodindo de alegria. Ela comemorou, abraçando-o, orgulhosa por ter contribuído para a descoberta.

— *Río de la segunda* — disse a menina. — Agora precisamos decifrar que rio é esse...

— Lá vem mais um obstáculo — suspirou ele.

— Calma, ó gajo — disse ela.

— Já ganhamos o dia. — disse Toninho e completou: — Vamos continuar nosso passeio e relaxar um pouco.

— Está certo — concordou Inês.

— Espero que meu pai já tenha chegado a Sevilha.

— Com a ajuda dele, descobriremos rapidinho onde está a quinta pista.

— É bem o que eu gostaria — disse o garoto.

— Tudo dará certo — arrematou ela.

Continuaram a visita ao Alhambra, conhecendo outros pontos turísticos do castelo. Depois, por sugestão de Toninho, que desejava conhecer o bairro onde nascera seu avô, foram até o Albaicín. Caminharam por suas vielas tortuosas, em meio às casinhas pintadas de branco, típicas daquela região quente, e, em seguida, foram para o centro da cidade. Estavam em viagem de férias, eram também turistas tanto quanto os jovens que andavam de lá para cá carregando imensas mochilas.

— Vamos a umas *tiendas* — disse Inês.

— Tava demorando o banho de loja — resmungou Toninho.

— O que dizes?

— Nada, deixa pra lá.

Visitaram lojas de artesanato local, e o garoto se surpreendeu com a beleza das pinturas em cerâmicas, enquanto a menina apreciava os bordados granadinos. Depois, foram à Capela Real, onde acenderam velas em memória de Lope Prado.

Por fim, passaram diante de uma pequena taverna e Inês sugeriu que entrassem para comer.

— Estou faminta — disse ela.

— Eu também — disse Toninho, e brincou: — É hora do grande almoço!

— Quero *pollo con arroz a cubana.*

— Também vou de frango — disse ele.

E, antes de seguirem para a rodoviária, Toninho perguntou:

— Você não vai visitar seu tio?

— Não — respondeu a menina, desconcertando-o. — Ele não me deixaria ir embora e precisamos continuar as investigações. Vou apenas telefonar e inventar uma desculpa.

— Tem certeza?

— Absoluta.

Retornaram para Sevilha, onde chegaram às sete e picos da tarde, como disse Inês. Tinha sido um passeio e tanto. Toninho estava animado com o rumo das coisas. Podia contar agora com uma grande aliada, o que era uma deliciosa surpresa na viagem. Sentia que navegava a favor da corrente, esquecido de que existiam também ventos contrários.

UM CASO MUITO ESTRANHO

CHEGARAM ao hotel e foram direto à recepção apanhar as suas chaves. O gerente recebeu-os de cara fechada, sem a cortesia que até então vinha dispensando a eles. Estava aborrecido com a desobediência dos dois e, num espanhol veloz, comunicou que havia levado uma bronca do chefe de polícia de Sevilha, que viera procurar por Toninho e não o encontrara.

— Alto lá! — disse o garoto, descontente. — Quero saber primeiro se o meu pai chegou.

— *Tu padre ha desaparecido* — disse o gerente, e completou: — *La policia no sabe donde él está. Nadie sabe.*

— Nada o quê? — perguntou Toninho, sem saber que *nadie* em espanhol significava *ninguém.*

— Como assim? — interveio Inês. — *Nosotros no comprende-mos. ¿Que ha pasado con él?*

O gerente então contou que o pessoal do escritório da RENFE em Sevilha comunicara-se por rádio com os chefes das estações de Linares e Montoro, onde provavelmente seu Júlio poderia ter descido; eles, por sua vez, notificaram a polícia dessas duas cidades e pediram ajuda. A princípio, tudo parecia realmente um equívoco do pai de Toninho, que, certamente, descera para comprar alguma coisa e se distraíra, perdendo o trem. Mas uma mulher que morava próximo à estação de Linares telefonara à delegacia da cidade dizendo ter visto um estrangeiro sendo levado por dois homens, à força, em direção a um carro. A cena lhe pareceu suspeita, sobretudo porque aquela era uma cidade pacata e agressões desse tipo eram raras. Um policial relacionou aquela denúncia com o comunicado feito pela polícia de Sevilha sobre o desaparecimento de seu Júlio e procurou a mulher para interrogá-la melhor, mesmo porque as forças policiais dali, coincidentemente, estavam à caça de dois homens que haviam fugido, arrastando um turista como refém, depois de cercados no interior da estação de trem por guardas de Madri à paisana. A descrição que ela deu do prisioneiro batia com as informações fornecidas por Toninho ao descrever seu pai: um homem de estatura média, calvo, narigudo, trajando calça azul e camisa branca. E mais: ela dissera que o suposto prisioneiro tentava se livrar de seus captores, e pareceu-lhe que ele falava português. A polícia de Linares rastreara a região e não encontrara nenhuma pista do carro. Pedira então reforços às autoridades de Córdoba, que já estavam no caso. Mas até aquela hora não tinham conseguido muita coisa. A Embaixada do Brasil em Madri fora avisada do desaparecimento de seu Júlio e se comprometera a enviar um representante consular para cuidar de Toninho, enquanto as investigações continuavam. O caso estava tomando um rumo estranho e as autoridades temiam que resultasse num incidente internacional. E, para não complicar mais a situação, o chefe de polícia de Sevilha havido solicitado a ele, gerente, que não deixasse Toninho se ausentar do hotel. Mas o pedido não fora atendido.

Inês traduziu o desabafo do gerente para Toninho, que, um pouco mais familiarizado com a língua espanhola, compreendera quase tudo. Escapara-lhe apenas uma e outra palavra, e aquela história esquisita lhe encheu de maus presságios. Imaginou que os dois homens em questão deviam ser os mesmos que haviam seguido a ele e a seu pai em Madri e desconfiava que fossem mesmo da Confraria das Sombras. Mas o pior é que não podia contar nada à polícia, havia o risco de ver o segredo de Lope Prado perdido para sempre. Ao mesmo tempo, via-se em apuros com o súbito desaparecimento de seu Júlio, e seu coração palpitava de preocupação. Temia que algo de mal estivesse acontecendo ao pai e experimentava a angústia de nada poder fazer para ajudá-lo. Além do mais, corria contra o tempo para decifrar a quinta pista da chave do jogo do ganso antes que a conjunção astral se alterasse. Não podia telefonar para sua mãe, em São Paulo, pedindo-lhe ajuda, pois dona Alzira entraria em pânico. Estava às voltas com um impasse que teria de resolver sozinho. Hesitou, pensou em interromper aquela busca sorrateira e ir à procura de seu pai. Não queria abandoná-lo e estava cada vez mais difícil ocultar o quanto a ausência dele o inquietava. Mas e se fosse apenas um falso pressentimento e tudo não passasse mesmo de uma confusão? Conhecia bem o pai, e seu Júlio, se estivesse mesmo se interessando de novo pela Alquimia como tudo levava a crer, iria zombar dele, Toninho, se interrompesse a caminhada justo quando progredia nas descobertas. Algo em seu espírito o inclinou para essa possibilidade e, aos poucos, a zoeira de dúvidas em sua mente foi serenando. Sim, na certa logo receberia boas notícias a respeito de seu pai e tudo entraria no eixo novamente. E, também, graças à sua confiança interior, à paciência de seu caráter — lapidada por tantas experiências químicas, que a princípio pareciam dar errado, mas logo terminavam a contento — e, sobretudo, graças à companhia de Inês, Toninho afastou o medo e sentiu-se ainda mais fortalecido, pronto para continuar a aventura de qualquer maneira. Pediu desculpas ao gerente pela escapada, argumentando que desconhecia a gravidade do problema, e prometeu não piorar mais as coisas. Colaboraria dali para frente, permanecendo no hotel, à espera do representante da Embaixada do Brasil.

— *Bueno* — murmurou o homem, satisfeito com o que ouvia.

— Tudo há de se resolver — disse Inês percebendo ainda o ar de preocupação na face do amigo. — Tu vais rir muito deste episódio.

— Espero! — disse Toninho.

Apanharam as chaves e subiram para seus quartos, não sem antes combinar de se encontrarem mais tarde no saguão para discutirem o significado da inscrição encontrada no Pátio dos Leões do Alhambra.

Àquela hora, o calor sevilhano continuava sufocante. Toninho tomou um banho frio e deitou-se na cama para se distrair com a leitura do *Dom Quixote* e descansar um pouco. Mas não conseguiu fazer nem uma coisa, nem outra. Tinha sido mais um dia tenso e, se por um lado as coisas iam bem, acercando-se do segredo dos alquimistas, por outro, aquele sumiço de seu pai era alarmante. Se ele não reaparecesse logo, Toninho teria um grande problema para continuar a busca e todo seu esforço poderia ter sido em vão. Era necessário descobrir sete pistas para encontrar a chave da fórmula da transformação do chumbo em ouro. Faltavam três e ele nem imaginava em que canto da Espanha estariam. Até agora quase todas elas tinham sido encontradas em cidades distintas. A primeira e a segunda, em Toledo. A terceira, em Sevilha, quatrocentos e poucos quilômetros distante das duas primeiras. A quarta, em Granada, duzentos e tantos quilômetros da terceira. E a quinta? *Río de la se-*

gunda. O que significava? E onde estaria? Não existia uma lógica. A não ser que tivessem sido sempre inscritas em monumentos importantes, os quais Lope Prado supunha que venceriam os séculos. Mas e se algum deles tivesse sido destruído? A Espanha passara por muitas mudanças, inclusive uma guerra civil décadas atrás, como ele estudara. Lembrava-se bem do bombardeio à cidade de Guernica, que havia inspirado Picasso a pintar a sua obra-prima. Toninho estava com a cabeça fervendo de dúvidas, hipóteses, pressentimentos. Da posição onde se encontrava na cama, podia contemplar pela janela o campanário da catedral, onde turistas subiam para ver a cidade esparramada lá embaixo. Desviou os olhos e viu uma família saindo com suas bagagens do hotel. Lembrou-se, então, da mala de seu pai. Trouxera-a consigo e quem sabe não tinha alguma dica dentro dela? Seu Júlio detestava que mexessem em suas coisas, mas, ausente, não podia impedi-lo, ainda mais agora que tinha um motivo forte para vasculhá-la. Sem hesitar, Toninho abriu-a e, depois de procurar em meio às roupas do pai, encontrou o caderninho de anotações dele. Folheou-o e descobriu que havia uma lista de livros sobre Alquimia, que seu Júlio consultara para comprovar a veracidade da história da Ordem dos Cavaleiros Maçã Dourada, e um pequeno glossário com duas ou três dúzias de termos referentes ao assunto com seus respectivos significados.

— O velho tava mesmo voltando à ativa.

Em meio às folhas do caderno, havia também uma cópia reduzida do tabuleiro do cisne corredor, de Walt Disney, uma corruptela do jogo do ganso, que seu Júlio prometera mostrar a Toninho. E, nas últimas páginas, o mais importante: um envelope todo amassado, em cujo interior estava a carta que Luiz Ribero enviara para vô Antônio, com todas as informações que sabia sobre Lope Prado. Eram várias folhas escritas numa letra miúda e, embora pudesse entender uma boa parte com seu espanhol ruim, Toninho preferiu procurar Inês para que ela traduzisse tudo. Era um documento importante e poderia conter outras dicas a respeito do mistério que seu pai não esclarecera inteiramente.

Bateu então à porta do quarto 404 e esperou. A garota atendeu enrolada numa toalha. Acabara de tomar banho, os cabelos negros ainda molhados, o azul dos olhos como o mar em calmaria.

— O que tu queres? — perguntou ela.

— Tenho uma coisa importante pra te mostrar — disse o garoto.

Ela abriu a porta, desconfiada, e ele entrou rapidamente.

— Tu esperas aí que vou me vestir — ordenou Inês, encolhendo-se na toalha com recato, e indo direto para o banheiro.

Reapareceu vestida de *short* vermelho e camiseta branca. Só então Toninho notou que ela tinha um corpo atraente, as pernas e as coxas bem torneadas, os seios cônicos espetando o tecido.

— O que foi? — perguntou Inês. — Por que estás a me olhar deste jeito?

— Nada não — disse ele, disfarçando.

— Vamos, conta-me o que tu achaste — disse a menina, vendo nas mãos dele o envelope amarfanhado.

Toninho explicou-lhe que era a carta de Luiz Ribero enviada a seu avô Antônio, origem daquela busca na qual os dois estavam engajados.

— E onde tu a encontraste, ó pá?

— Nas coisas de meu pai — respondeu ele. — Lê pra ver se tem alguma coisa que possa nos ajudar.

— Está certo.

Inês foi traduzindo folha por folha. Ao final, chegaram ambos à conclusão de que já sabiam de quase tudo que havia ali.

Ela estava já para dobrar as folhas e devolvê-las, quando viu duas linhas abaixo da assinatura de Luiz Ribero.

— Ah, tem algo mais — comentou. — Um *post-scriptum.*

— E o que diz? — perguntou Toninho.

— É uma suspeita de Luiz Ribero — respondeu Inês. — Diz que as pistas devem ter sido espalhadas por onde Lope Prado passou, quando fugia da Inquisição.

— Um momento! — exclamou o garoto. — Esse é um dado novo.

— É só um palpite...

— Tudo bem. Mas como Lope Prado podia ter certeza de que chegaria ao local onde programara colocar a pista seguinte?

— Certamente tinha um plano, ora pois, pois!

— Sim, mas e se falhasse?

— Mas que pergunta, ó pá — disse a menina. — Só indo em frente descobriremos se ele falhou.

— Por enquanto as coisas vão bem — disse Toninho. — Devemos considerar esse palpite, mesmo porque sabemos que essa história não é invenção de Luiz Ribero. Tudo até agora tá batendo.

— Como batendo? — estranhou Inês.

— É outra expressão nossa. Tudo tá sendo comprovado.

— Bem, mas e daí?

— Daí que pode ser uma indicação pra nós.

— Aonde tu queres chegar? — perguntou ela, inquieta.

— No mesmo lugar em que chegou Lope Prado!

— Como assim?

— Se as pistas estão na rota de fuga dele como escreveu Luiz Ribero, a última pista deve estar em Portugal — concluiu Toninho, radiante.

— Onde?

— Em Lisboa. Foi pra lá que Lope Prado fugiu e viveu até morrer.

— Muito bem — disse a garota. — Digamos que tu estejas certo, mas são sete pistas e de que adianta saber em que cidade está a última? Se não descobrirmos as outras, como vamos adivinhar em que ponto de Lisboa encontrá-la?

— Tá certo — disse o garoto. — Mas pelo menos sabemos de uma coisa: teremos de ir a Portugal. E vai ser um problema se o meu pai não reaparecer.

— Não estou a ver problema nenhum — disse Inês, sentando-se à cabeceira da cama.

— É claro! — comentou Toninho, ressentido. — Não foi seu pai quem sumiu.

— Não te faças de vítima.

— Como vamos atravessar a fronteira?

— Tu não tens autorização?

— Tenho.

— Então não te preocupes — disse ela. — Estás dentro da lei.

— O problema é o dinheiro — disse Toninho. — Tenho cartão de crédito, mas não sei quanto posso sacar.

— Se tu precisas, eu financio. Tenho cá umas economias — disse Inês, e perguntou: — Quem vai ligar para uns trocados depois de transformar chumbo em ouro?

— Você tá contando com o ovo dentro da galinha.

— Escuta, ó gajo! — exclamou Inês. — Se o universo conspira a nosso favor, tudo vai se arranjar.

— Tá bom — disse ele. — Os astros podem dar uma mãozinha, mas a gente tem de dar a outra!

— Pois daremos! — exclamou a menina, convicta. — E por que continuas a me olhar deste jeito?

— Que jeito?

— Com estes olhos compridos!

Toninho às vezes se constrangia diante das meninas. Tivera lá suas namoradas, mas nas questões amorosas era mais de silêncio que de palavras. Percebendo que Inês no entanto o olhava com ternura, reuniu coragem e disparou:

— É que hoje você tá linda.

— "De teus olhos provêm meus atributos" — disse ela.

— Poxa, eu não sabia que você era poeta.

— É um verso de Shakespeare, parvo!

— Pá o quê?

— Parvo!

— O que é isso?

— Bobo.

— Bem, vejo que também gosta de poesia.

— Gostar é pouco, ó pá. Tenho adoração. E tu?

— Eu também.

— Pois declamas uma pra mim.

— Sou péssimo nisso.

— Qual teu poeta preferido?

— Brasileiro?

— Tanto faz.

— Manuel Bandeira.

— Já ouvi falar.

— E o seu?

— Adivinha?

— Fernando Pessoa?

— Acertou!

— Também, pudera!

— Mais precisamente Alberto Caeiro.

— Sei — disse Toninho. — Um de seus heterônimos.

— Tu conheces a vida de Pessoa? — perguntou a menina.

— Um pouco.

— Sabia que ele também era ocultista?

— Não, essa é nova pra mim — falou o garoto. — E olha que sou bom nessas coisas.

— Pois ele era!

— Shakespeare também.

— Essa eu é que não sabia.

— Leonardo da Vinci e Michelangelo são deste time.

— Ah é?

— Disso eu manjo — respondeu Toninho, convencido. E notando que a menina não entendera, corrigiu: — Desse assunto eu sei bem.

— Pessoa escreveu inclusive umas poesias ocultistas — disse ela.

— Será que ele conhecia a história de Lope Prado?

— Aí tu estás exagerando.

— Será?

— E este verso, tu conheces? — perguntou Inês. — "A melhor viagem é sentir".

— Não — respondeu o garoto. — Mas é perfeito pra quem gosta de viajar como você.

— E aquele poema sobre o Tejo?

— Qual?

— Aquele que começa assim: " O Tejo é mais belo que o rio que corre pela minha aldeia, / Mas o Tejo não é mais belo que o rio que corre pela minha aldeia / Porque o Tejo não é o rio que corre pela minha aldeia". É lindo, não é?

— É mesmo — concordou Toninho. E, em seguida, murmurou: — Engraçado, o rio Tejo.

— Que tem de engraçado?

— Eu sabia que o Tejo banhava Lisboa. Mas nunca imaginei que nascesse na Espanha, em Toledo. Foi uma surpresa pra mim.

— Tu não estudaste geografia? — perguntou a menina.

Toninho não respondeu. Ficara pensativo de um minuto para o outro. Estava içado ao silêncio, mas parecia navegar numa aventura imaginária. Começou a mover a cabeça para os lados, como fazia diante das experiências em seu laboratório.

— Hei, que tens? — insistiu Inês. — Por que não respondes?

Ele continuou calado e, de repente, deu um salto:

— É o Tejo, é o Tejo, só pode ser!

— Endoideceu, ó pá? — disse a garota, nervosa com aquele espalhafato.

— Descobri onde tá a quinta pista! — disse ele, abraçando-a.

— Deixa de besteira, ó gajo — rugiu ela, desvencilhando-se. — Para com esta folia e explica-te!

Empolgado com a própria argúcia, Toninho destampou a falar como uma matraca:

— Descobri a quinta pista! Tá no rio Tejo em Lisboa. É isso, só pode ser! Tava na nossa cara. A frase é *río de la segunda*. Que segunda? Ora, a segunda pista, que achamos na Puerta del Sol em Toledo. Então, qual o rio que banha Toledo? O Tejo! Só pode ser isso. O Tejo, em Lisboa, é a nossa próxima etapa! Temos de ir pra lá.

Inês estava paralisada com a euforia de Toninho. Excitado, ele não se continha e a mirava com o olhar vívido, as narinas dilatadas, como se acabasse de disputar uma corrida.

— Acho que tu podes estar certo — disse ela, finalmente.

— Tenho certeza absoluta — arrematou ele. — E, estranhando o silêncio da amiga, perguntou: — Por quê? Você tem alguma dúvida?

— Não, mas estou surpresa — respondeu a menina. — Tu chegaste rápido demais a esta dedução.

— Tejo em Toledo, Tejo em Lisboa. Foi só juntar uma ponta à outra. Os astros de fato estão iluminando o nosso caminho.

— Será mesmo? — disse Inês, hesitante.

— O que deu em você? — perguntou Toninho, aborrecido. — Parece que não gostou da minha descoberta.

— Ora, deixa de tolice — respondeu ela. — Não é nada do que estás a pensar.

— O que é então?

— Tem alguma coisa errada.

— Por quê?

— Se a última pista está em Lisboa, onde Lope Prado se estabeleceu, onde estão as outras? — perguntou ela.

— Bem, são sete etapas pra se chegar à decodificação do segredo oculto nas 63 casas do jogo — disse ele. — Então, das duas uma: ou tô errado, ou a quinta pista tá em Lisboa, lá no rio Tejo.

— Sim. E se tu estiveres certo, depois de Lisboa, ainda teremos de encontrar mais duas pistas — disse Inês, e arrematou: — Talvez a chave para se chegar à pedra filosofal esteja na minha própria terra...

— Mas como teremos certeza? — perguntou ele.

— Só existe um jeito — disse ela. — Indo até lá.

— Bem, teríamos de ir de qualquer jeito — disse Toninho. — Só vamos nos adiantar.

— Não é tão fácil assim.

— Uai, por quê?

— Tu prometeste à polícia permanecer aqui até teu pai voltar — disse ela, e continuou: — E se ele demorar? Um funcionário da Embaixada do Brasil está a chegar para cuidar de ti. Teremos de despistá-lo!

— É, as coisas tão se complicando — concordou o garoto. — Mas não temos escolha.

— Estou aflita — disse Inês, cruzando as pernas. — Combinei de passar uma semana com meu tio, em Granada. Mas voltarei a Lisboa.

— Pois é.

— E lá não poderemos pousar na minha casa! A vizinhança toda iria achar estranho. Eu teria ainda de falar com meus pais que estão em Madri e explicar a eles esta história de Lope Prado e do jogo do ganso.

— E o que você sugere? — perguntou Toninho.

— Terei de ir às escondidas!

— Isso é o de menos — disse ele. — O meu problema é bem maior. Não bastasse o desaparecimento do meu pai, já imaginou quando descobrirem que eu sumi? A polícia virá atrás de mim, a Embaixada brasileira entrará em polvorosa, vai ser um rebu.

— Rebu?

— Confusão.

— Sim — assentiu a menina. — Precisamos pensar numa saída melhor, que não levante suspeitas.

— Se meu pai chegasse, nossos problemas acabariam — disse o garoto.

— Seria uma pena — disse ela.

— Como assim? — perguntou ele, desentendido.

— Estou a me divertir em tua companhia — comentou Inês.

— Eu também — sussurrou Toninho. — Mas o velho pode estar numa pior.

— Saberá se cuidar...

— Ia ser demais se ele se juntasse a nós. Formaríamos um belo trio!

Depois, lentamente, o silêncio pousou entre os dois, como um pássaro numa oliveira. Miraram-se com ternura, cúmplices, os lábios úmidos dele, o azul oceânico dos olhos dela em agitação.

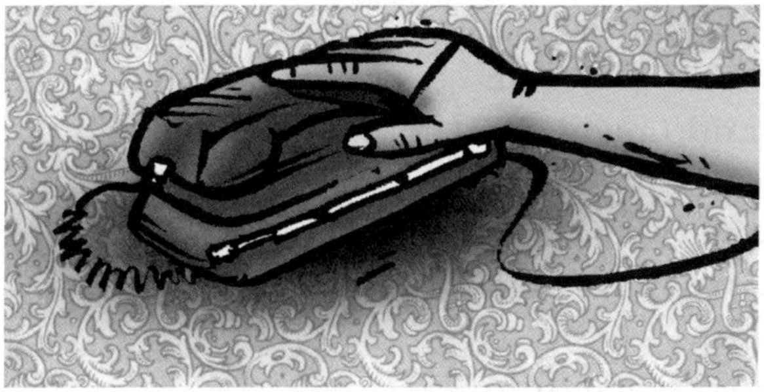

DESCONFIANÇA NO AR

De súbito, o telefone tocou, assustando os dois. A menina apressou-se em atender:

— *¡Hola! Sí, él está aquí. ¿Cómo? ¿Ha llegado? Sí, yo le digo que baje.*

— Quem é? — perguntou Toninho, impaciente.

— O gerente do hotel está a te procurar — traduziu ela. — Não te encontrou no quarto e ligou para cá. Tens de descer.

— Meu pai chegou?

— Não — respondeu Inês. — Uma mulher.

— Mulher?

— É, uma tal de senhorita Ana!

— Ih, quem será? — pensou Toninho, impaciente.

A interrupção quebrara o clima de ternura que se insinuara entre os dois.

— É melhor ver logo do que se trata — disse ele.

— Concordo — disse ela.

— Só espero que não seja mais encrenca.

— Posso ir contigo?

— Claro.

No saguão do hotel, o gerente apontou para uma moça sentada no sofá de couro próximo ao piano-bar. Ana trabalhava na Embaixada do Brasil em Madri. Era uma carioca simpática, de pele morena e lábios grossos que contrastavam com a sua voz macia. Toninho correu em sua direção, apresentou-se e pediu-lhe imediatamente notícias de seu Júlio. O que estava acontecendo? Ana tentou acalmá-lo, dizendo que tudo não passara de um equívoco, seu pai havia se distraído na estação de Linares, confundira-se com o número da plataforma e acabara embarcando num outro trem que seguia para o norte da Espanha. A polícia já o havia localizado e era provável que na manhã seguinte ele chegasse a Sevilha.

— No duro? — hesitou o garoto.

— No duro! — garantiu ela.

— E aquela história da mulher que viu um turista sendo levado à força? — perguntou ele.

— Não tem nada a ver com o desaparecimento de seu pai — respondeu Ana, e sorriu. — Logo ele estará aqui, vai depender só dos horários de trem.

Toninho serenou, mas não totalmente.

— Se o pai dele chegará amanhã, tu não precisavas vir cá! — disse Inês, que ouvia a conversa.

— Ah, desculpe, eu não sabia que estava com ele — disse Ana para a menina.

— É bom que saibas.

— Acontece que o Consulado do Brasil aqui em Sevilha foi avisado, mas tem uma equipe reduzida. Pediram ajuda pra Embaixada em Madri e me enviaram especialmente pra cá.

A moça fez uma pausa, olhou para Toninho com malícia e acrescentou:

— Cheguei de manhã, mas quando vim ao hotel, soube que você também havia desaparecido.

— Fomos conhecer Granada — disse ele. — É a cidade onde meu avô nasceu.

— É uma bela cidade — disse Ana, e completou: — Acho que não teremos mais problemas. Estou no quarto 407, bem pertinho de você.

— Tá certo.

— Não vai me apresentar pra tua namorada? — perguntou ela ao garoto, olhando sorridente para Inês.

— É minha amiga — disse ele, constrangido. E contou rapidamente como havia conhecido Inês.

— A única coisa a fazer agora é esperar — disse Ana. — Que tal um passeio daqui a pouco?

— Tudo bem — respondeu Toninho.

— Você também está convidada — disse a moça para Inês. — Que tal?

A garota permaneceu calada, remoendo seu despeito.

— Então estamos combinados — disse Ana. — Vou subir agora pra tomar um banho e pego vocês em meia hora.

Toninho estava intrigado. Não sabia se a chegada dela ia ajudar ou atrapalhar ainda mais seus planos. Se Ana dizia a verdade, na manhã seguinte seu Júlio estaria de volta e poderiam ir a Lisboa procurar a quinta pista. Mas e se estivesse mentindo só para tranquilizá-lo? Estariam marcando bobeira e correndo o risco de perder a *tatwa*.

— O que você acha? — perguntou a Inês.

— Não sei — disse ela. — Estou em pulgas.

— Está o quê?

— Em dúvida.

— Eu também.

— Melhor é deixar como está.

— Tá certo — concordou o garoto.

Era melhor esquecer o problema, assim a solução poderia brotar como em Granada, quando eles encontraram a quarta pista. E relaxar para que os sentidos pudessem ouvir melhor a voz da intuição.

— Assim é que age um mago — pensava Toninho.

Como combinado, meia hora depois Ana os levou até o centro velho de Sevilha e foi lhes contando um pouco da história da cidade. Passaram pelo bairro de Santa Cruz, contornaram a catedral e, quando as luzes dos postes já se acendiam e o calor amainara, ela os conduziu para o Las Escobas, uma das mais antigas tavernas de Sevilha, onde foram jantar. Toninho adorou, principalmente quando soube que o restaurante surgira em 1386 e que por ele haviam passado pintores e escritores ilustres como Cervantes.

— Talvez Lope Prado tenha passado por aqui — comentou ele com Inês.

— Quem? — perguntou Ana, curiosa.

— Um alquimista que viveu no fim do século XV — respondeu o garoto.

— Nunca ouvi falar, mas sei que a Espanha teve muitos alquimistas — disse ela, tomando um gole de sangria. — Dizem até que alguns magos no fim da Idade Média decifraram um tratado ocultista e descobriram a pedra filosofal. Mas isso é história.

Toninho e Inês sorriram um para o outro.

— Ou melhor, é mais uma lenda — completou Ana.

— Pois é — disse Toninho.

— Conheço muita gente que acredita — disse a moça da Embaixada.

— Cada louco com a sua mania.

— O mundo tem muitos mistérios — disse Ana, enigmática.

— Estou com fome — disse Inês, desviando o rumo da conversa. — Vamos logo pedir a comida.

— Vamos — disse o garoto.

Tiveram um jantar frugal. A moça foi muito atenciosa e os tratou com cortesia e carinho. Depois, deram mais uma volta para fazer a digestão e retornaram ao hotel. Despediram-se e cada um entrou em seu quarto.

Antes de dormir, Inês bateu à porta de Toninho. O garoto atendeu no ato, como se estivesse já à sua espera.

— E então? — perguntou a menina. — Tu achas que ela sabe?

— Do quê?

— Do segredo do jogo do ganso?

— Não, de jeito nenhum — respondeu ele.

— De onde vem tanta certeza?

— Olhe o tamanho do meu nariz — gracejou ele. — Sinto no ar.

— O assunto é sério!

— Se meu pai aparecer amanhã, vai ficar bem mais fácil.

— Espero que ele apareça — disse Inês. — O tempo está a passar e temos de ir a Lisboa.

— O dia hoje parecia sem fim — disse Toninho. — Tô morrendo de cansaço!

— Eu também — disse a menina.

— Boa noite.

— Boa noite.

MANOBRAS OCULTAS

Toninho e Inês se encontraram no dia seguinte, sexta-feira, às nove horas, no restaurante do hotel para tomar o café da manhã. Ana os aguardava numa mesa ao fundo e parecia tensa.

— Poxa, que cara é essa? — perguntou o garoto.

— Nada — respondeu ela.

— Tu não exageraste na sangria? — perguntou Inês.

— Não, bebi só duas taças.

— O que foi, então? — insistiu Toninho.

— Um problema — disse Ana.

— Podemos ajudar? — perguntou a menina.

— Infelizmente, não.

— Se precisar, pode contar com a gente — disse Toninho. E perguntou, ansioso: — E então? Tem notícias do meu pai?

Ana manteve-se em silêncio. Tomou um gole de café e respondeu:

— Aí é que está o problema.

— Como? — perguntou o garoto, já alarmado. — O que aconteceu?

— É, o que estás a esconder de nós? — emendou Inês.

— Não estou escondendo nada — disse Ana. — Apenas as notícias não são animadoras.

— Pois conte logo — exigiu Toninho.

— O chefe da polícia de Sevilha esteve aqui ainda há pouco — disse ela. — E, ao contrário do que supúnhamos, talvez seu pai não chegue hoje.

— Mas por quê? — insistiu ele.

— É, por quê? — reforçou Inês.

— Bem, a polícia de Linares perdeu sua pista.

— Como perdeu? — indignou-se o garoto. — Ontem você me disse que eles sabiam onde meu pai estava. Tinha errado de trem e fora em direção ao norte da Espanha. Mas logo viria pra cá.

— Isso mesmo! — confirmou Ana.

— E hoje já não sabem mais? — insistiu Toninho.

— É como eu disse: perderam a pista. Acho que estavam seguindo a pessoa errada.

— Mas que raio de polícia é esta?

— É preciso ter paciência — disse ela. — Estamos em alta temporada, a população da Espanha aumenta demais nesta época e os problemas também. E, pelo jeito, foi seu Júlio quem se perdeu primeiro. Ele pode ter errado de trem novamente em Linares.

— Peraí — protestou o garoto. — Meu pai não é tão distraído assim. Você disse que a polícia ia trazer ele pra cá.

— Disse? — hesitou Ana.

— Disse! — responderam Toninho e Inês, em uníssono.

— Foi o que me garantiu o chefe de polícia de Sevilha, conforme o comunicado que recebeu da estação de Linares — afirmou a jovem.

— Tem alguma coisa estranha nesta história — disse Inês.

— Tem mesmo — concordou o garoto, aflito.

— Também acho — disse Ana.

— Como você também acha? — perguntou Toninho.

— Não estou a entender mais nada! — exclamou Inês.

— Olha, vou contar a verdade — disse Ana.

— Acho bom — disse o garoto.

— A polícia não sabe onde seu pai está — continuou ela. — Mas suspeita que ele tenha sido sequestrado.

— Sequestrado? — bradou Toninho, que já pensara nessa hipótese.

— É só uma suspeita.

— Mas sequestrado por quem? — perguntou Inês.

— Por dois desconhecidos — respondeu Ana.

Toninho e Inês se entreolharam. Estavam pensando na mesma coisa. A Confraria das Sombras devia ter colocado seus aliados para perseguirem seu Júlio. Na certa procuravam o segredo do jogo do ganso, e isso significava que eles dois também estavam em perigo.

O garoto não podia deixar que Ana desconfiasse de nada. Não sabia se dava ou não para confiar nela. Quem garantiria que ela não era da Confraria das Sombras? Ele e Inês estavam numa encruzilhada e tinham de ocultar seus planos.

— Então a história daquela mulher era verdade! — disse ele.

Ana respondeu que a mulher, vizinha da estação ferroviária de Linares, confirmara que o suposto prisioneiro vestia calça azul e camisa branca e, de fato, falava português.

— O que seu pai veio fazer aqui? — perguntou ela ao garoto.

— Negociar a compra de azeite — respondeu Toninho.

— Tinha inimigos?

— Que eu saiba, não.

— Talvez alguém a mando de uma empresa concorrente? — disse Ana.

— Uma empresa que estava a perder mercado — emendou Inês para disfarçar.

— Pode ser — disse o garoto. — Mas o que vamos fazer?

— Já liguei pra Madri pedindo mais empenho da nossa Embaixada na resolução deste caso — disse a moça, e completou: — Agora só nos resta esperar.

— Detesto esperar — resmungou Toninho.

— Sugiro darmos um giro pela cidade — disse a jovem.

— Acho bom — concordou ele.

Ana combinou de encontrá-los em meia hora no saguão do hotel, terminou de tomar o café e subiu para seu quarto.

— E agora? — perguntou Inês, quando ficaram a sós.

— O tempo tá passando e a conjunção astral vai mudar em sete dias — disse Toninho. — Temos de ir a Lisboa o mais rápido possível.

— Tens razão! — disse ela.

— Pena que não podemos esperar pelo meu pai — disse ele, a voz apertada, o coração comprimido.

— Estás apreensivo com ele?

— É claro — disse o garoto. E exclamou, em seguida: — Mas eu tenho fé! Ele ainda é um mago, sabe se virar, e logo a gente vai se encontrar de novo...

— Pois sim! — concordou Inês. E emendou: — É melhor corrermos até a rodoviária. Precisamos ver se há bilhetes pra Lisboa ainda hoje.

— Rápido, só temos meia hora — completou Toninho.

Na rodoviária, souberam no balcão de informações que não havia ônibus direto para Lisboa. Mas uma empresa fazia a linha Sevilha até Rosal de la Frontera, cidade espanhola, na divisa com Portugal. De lá, poderiam atravessar a fronteira e pegar outro ônibus até a capital lusitana.

Inês tomou a frente e se dirigiu, às pressas, ao guichê desta empresa, arrastando Toninho consigo. Depois de fazer várias perguntas ao bilheteiro, ela disse ao garoto:

— Temos de esperar até amanhã.

— Por quê? — perguntou ele, contrariado.

— Esta linha só funciona *martes* e *sábados* — disse ela. — E hoje é *viernes*, entendeu?

Como aprendiz de Alquimia, Toninho sabia que cada dia da semana era regido por um planeta que lhe dava nome. Na língua espanhola era fácil essa correspondência, uma das poucas coisas que ele não esquecia. *Lunes* era segunda-feira, dia regido pela Lua. *Martes*, terça-feira, regido por Marte. *Miércoles*, Mercúrio, quarta-feira. *Jueves*, quinta-feira, dia regido por Júpiter. *Viernes*, sexta-feira, dia regido por Vênus. *Sábado* por Saturno. *Domingo* pelo Sol.

— Entendi — respondeu o garoto.

Inês comprou então duas passagens com destino a Rosal de la Frontera para o dia seguinte. O ônibus sairia às sete horas da manhã.

Voltaram correndo ao hotel e, em questão de segundos, Ana apareceu, alegre, num vestido estampado de flores vermelhas.

— Vamos, crianças! — brincou ela. E saiu para a rua inundada pelo sol já abrasivo da manhã.

Sevilha despertara, fulgurante, e eles se juntaram à turba de turistas que abarrotavam as ruas. Ana os carregou para um verdadeiro *tour* histórico pela cidade: Jardins do Alcázar, Arquivo de Índias e Palácio de San Telmo. Às duas da tarde, fizeram uma pequena pausa para o almoço.

— Como entrada, que tal *gazpacho andaluz*? — sugeriu Ana.

Era uma espécie de sopa fria. Inês já conhecia; Toninho, não, e fez questão de experimentar. A comida lhe caiu bem, pois àquela hora o calor era terrível.

Depois, a menina quis passar num banco para trocar seus escudos por euros e comprar uma agenda. O garoto aproveitou para sacar dinheiro com seu cartão.

— Quero comprar um leque — disse ele.

— Isso é coisa de mulher — brincou Inês.

— É pra minha mãe — disse Toninho, mostrando-lhe a língua.

— Vem comigo — disse Ana. — Sei onde pode encontrar uns lindos.

— *¡Gracias!*

Numa loja ali perto, auxiliado pela menina, o garoto comprou o leque que dona Alzira lhe pedira e o grupo continuou o passeio às margens do Guadalquivir, distanciando-se do centro, até chegar ao Parque de Los Príncipes, onde descansaram à sombra de uma árvore.

Regressaram ao Hotel Doña María por volta das seis da tarde. Toninho e Inês estavam exaustos, suando em bicas e com os pés doloridos. Mas contentes também, porque haviam conhecido outros encantos turísticos de Sevilha.

O gerente comunicou a Ana que o chefe de polícia telefonara e, até aquela hora, não tinham novidades sobre o paradeiro de seu Júlio.

— Não tô gostando desta história — protestou Toninho, novamente.

— Acalma-te — disse a menina.

Ao fim de tantos programas, decidiram, de comum acordo, comer um lanche por ali mesmo e descansar.

— É, foi um dia e tanto — disse Ana.

— Amanhã, não levanto antes das dez — disse Toninho, fingindo.

— Quero dormir aos montões — emendou Inês.

Às escondidas, os adolescentes combinaram de se ver mais tarde na sala de jogos do hotel para acertar os pormenores de sua fuga.

E assim fizeram. Toninho escreveu uma carta para Ana, agradecendo seu carinho e informando-lhe que seguiria com Inês para Lisboa. Pedia desculpas pela partida abrupta e esperava não trazer problemas para ela junto à Embaixada do Brasil. Finalizou, comentando que desconfiava do que havia acontecido com seu pai, mas o esperaria em Lisboa; uma vez livre daquela confusão, seu Júlio teria de passar por lá para fechar negócios com uma fábrica de azeite. Em seguida, Inês escreveu um bilhete em espanhol ao gerente do hotel, agradecendo-lhe pela atenção e prometendo que ela e Toninho pagariam a conta brevemente.

Em seguida, foram dormir, sonhando com as águas do Tejo e a quinta pista que os deixaria a dois passos da pedra filosofal.

DESCOBRIMENTO EM TERRAS LUSITANAS

ACOMODADOS nas duras poltronas do ônibus com destino a Rosal de la Frontera, Toninho e Inês estavam novamente na rota de Lope Prado.

Haviam despertado de madrugada, preocupados em como sair do hotel sem os funcionários notarem que partiam em definitivo. Ouvindo um zum-zum-zum que vinha da portaria, o garoto então descera para ver se pensava numa saída. Percebera que um ônibus de excursão aguardava à frente do hotel e dezenas de hóspedes sonolentos com suas bagagens espalhadas pelo saguão acertavam suas contas. Correra chamar Inês e os dois desceram apressados, misturaram-se aos turistas e saíram sem que ninguém os visse. Depois, pegaram um táxi para carregar as malas de ambos e de seu Júlio, contra a vontade da menina, que preferia tê-las deixado lá e reunido alguma roupa numa mochila, seguindo com menos peso para a rodoviária de Sevilha. Lá começaram a conversar com uma espanhola que costumava fazer aquela viagem para visitar parentes na cidade portuguesa de Évora. Assim, se tivessem qualquer problema, poderiam passar como parentes da mulher. Sentaram no ônibus estrategicamente na mesma fileira dela, prosearam um pouco e, como ainda estavam com sono, adormeceram. Nem perceberam que o ônibus parou muitas vezes, ora para pegar passageiros, ora para descarregar encomendas, primeiro nos povoados de casinhas brancas da Andaluzia e, depois, nas pequenas aldeias da província de Extremadura.

O sol já ia alto no céu sem nuvens, quando Inês acordou com um tranco do ônibus e percebeu que Toninho a abraçava.

— O que é isso, ó gajo! — exclamou ela, afastando-o.

O garoto despertou, assustado, sem saber o que acontecia.

— Sai de cima de mim — continuou ela.

— O que foi que eu fiz? — perguntou ele, desentendido.

— Não te faças de fingido.

— Mas, mas... — gaguejou ele.

— Se tu me agarrares outra vez, vais te arrepender — ameaçou Inês.

— Tudo bem, tudo bem — disse Toninho. — Foi sem querer.

— Ah é?

— Sim, me desculpe.

— Estás desculpado — disse ela. — Mas vê se te comportas!

— Tá nervosa só por isso?

— Não — respondeu Inês, mais calma. — Este autocarro sacode tanto que está a me quebrar as costelas.

— Pelo menos não encontramos nenhum cachorro — disse o garoto, recordando-se daquele que lhe mordiscara o calcanhar no trem.

— Ainda bem — disse ela, que sabia daquele episódio já contado por ele.

Às onze horas da manhã, chegaram a Rosal de la Frontera. Inês e Toninho voltaram a conversar com a mulher como se fossem uma família animada. O policial da divisa entrou no ônibus para checar os passaportes. Conferiu a autorização dos dois e não fez nenhuma pergunta.

Desembarcaram em território português num posto de gasolina, que era também estação rodoviária. Compraram passagens para Lisboa e tomaram o café da manhã. Inês estava feliz em mostrar ao garoto um pouco de seu país. Tiveram de esperar mais meia hora e, finalmente, partiram por uma estrada poeirenta rumo à capital. O ônibus estava vazio e eles se sentaram nas últimas poltronas para discutir em que lugar, às margens do Tejo, poderiam procurar a quinta pista.

— Até agora todas foram deixadas em monumentos — lembrou Toninho.

— Exatamente — disse Inês, e completou: — Locais históricos que Lope Prado imaginava que seriam preservados.

— Devemos seguir este raciocínio — disse o garoto. — E procurar em algum monumento às margens do Tejo.

— Estou de acordo — disse a menina. — E desta vez não vamos ter trabalho nenhum.

— Como não? — estranhou Toninho.

— Será fácil demais — garantiu Inês.

— Até parece que você já sabe onde está a inscrição — comentou ele.

— E sei mesmo — disse ela, desafiadora.

— Duvido.

— Descobri ontem à noite, nem precisei pensar muito.

— E onde está? — insistiu ele, incrédulo.

— Na Torre de Belém — respondeu a menina, com orgulho.

— Fiquei na mesma.

— A Torre de Belém é o melhor miradouro para se observar o Tejo.

— E daí?

— Daí que assim como a Torre del Oro em Sevilha era o ponto de referência para as viagens espanholas, a Torre de Belém, em Lisboa, era o lugar de onde saíam as esquadras portuguesas.

— Tem certeza? — perguntou Toninho.

— Absoluta — respondeu Inês.

— Faz sentido. Mas...

— Mas o quê?

— Tá me parecendo fácil demais — disse o garoto.

— Como fácil? — irritou-se Inês.

— Será que um alquimista esperto como Lope Prado ia se repetir?

— Por que não?

— Não sei não.

— Bom, quando chegarmos lá, tu vais ver — disse a menina, segura de si.

— Espero.

— Parece que não gostaste de minha descoberta.

— Não é nada disso — garantiu Toninho. — O que eu mais quero é encontrar o segredo do jogo do ganso.

— E vamos encontrá-lo.

— Só achei óbvio demais.

— "O essencial é saber ver" — disse Inês, citando Alberto Caeiro, seu poeta preferido.

— Espero que você esteja certa.

— Pois veremos que estou!

Toninho abriu o seu *Dom Quixote* e se pôs a ler, enquanto Inês fazia anotações em sua agenda. Distraíram-se, cochilaram, conversaram novamente sobre a Ordem dos Cavaleiros Maçã Dourada e, depois de horas de solavancos numa estrada sinuosa, em que o garoto tentou fazer um desenho, chegaram enfim a Lisboa.

Por sugestão da menina, que precisava se manter longe de sua casa, no bairro de Estrela, hospedaram-se numa pensão ali mesmo, próximo à rodoviária, e, assim, só tiveram de carregar as bagagens por alguns metros.

Foram para seus quartos e combinaram de se encontrar uma hora depois, tempo suficiente para que desarrumassem as malas e tomassem banho.

Eram mais de cinco da tarde, quando saíram às ruas para ir à Torre de Belém. Inês fizera um coque nos cabelos e quis passar antes num restaurante *pronto a comer*, que Toninho descobriu ser o mesmo que *fast-food*.

— Hoje é sábado — disse Inês. — Depois poderemos ir ao Gartejo.

— O que é isso? — perguntou Toninho.

— Uma discoteca. Está aqui perto, no bairro de Alcântara. Gostas de dançar?

— Gostar eu gosto, mas sou duro.

— Eu tenho dinheiro — disse ela.

— Você não entendeu bem — disse ele. — Sou duro pra dançar, não levo muito jeito.

— Às vezes nem parece que falamos a mesma língua.

Tomaram o ônibus para ir à avenida das Índias, em direção ao Tejo, justo no horário em que, aos sábados, os portugueses saíam para passear. Pegaram trânsito e chegaram à famosa torre só ao anoitecer, quando as luzes da cidade já haviam se acendido.

O garoto ficou maravilhado com a vista que dali se tem do Tejo e, enquanto admirava a bela paisagem, pensando nos grandes descobridores, que dali partiam para o desconhecido, a menina ficou a rodear a torre, procurando em suas paredes a marca de Lope Prado.

— Não encontrei nada até agora — disse ela, inquieta. — Tu não vais me ajudar?

Toninho despertou de seu devaneio e juntos vasculharam os muros da torre ao rés do chão, de ponta a ponta. Mas não descobriram nenhum sinal como das outras vezes. Inês se irritou, contrariada com a busca inútil, e começou a reclamar tanto de dores nas costas que Toninho achou melhor irem embora e voltarem no dia seguinte, quando estariam mais dispostos e recuperados da canseira da viagem. E, depois, à luz do dia, seria bem melhor para procurar a inscrição, se é que ela fora mesmo deixada na Torre de Belém.

Regressaram de táxi para a pensão e Inês, mal-humorada, foi logo se deitar. Nada da quinta pista, nem da discoteca Gartejo.

Em seu quarto, Toninho aproveitou para abrir a mala de seu Júlio e checar novamente as anotações que o pai fizera em seu caderno sobre as revelações de Luiz Ribero. Estava desconfiado de que Inês se enganara em relação ao local em que Lope Prado deixara a pista. Sua intuição captava algo estranho no ar. Por sorte, encontrou no meio das roupas um guia de Lisboa, que o pai certamente comprara pensando na viagem que fariam depois a Portugal. Pôs-se a folheá-lo e foi sendo envolvido pela história da cidade, que tinha marcas da passagem de vários povos, como os mouros e os fenícios. Enveredou pelos locais e monumentos históricos de Lisboa, até que deu com uma informação inesperada sobre o Mosteiro dos Jerônimos. Era dele que partiam as caravelas lusitanas, antes de ser construída a Torre de Belém, em 1511.

— Iupi! — vibrou Toninho, jogando o guia para o alto. — Descobri!

A quinta pista devia estar no Mosteiro dos Jerônimos, porque Lope Prado chegara a Lisboa no finzinho do século XV e morrera nos primeiros anos do século XVI. Não poderia ter feito a inscrição numa torre que ainda não existia.

Queria partilhar com Inês a boa nova, mas preferiu deixar para o dia seguinte, não sabia se a novidade iria agradá-la ou não. E, sentindo-se um exímio descobridor, adormeceu feliz em sua primeira noite na terra dos grandes navegadores.

Lisboa amanheceu ensolarada, e Toninho despertou cedo. Encontrou Inês no corredor, quando saía para se lavar no banheiro coletivo, ou casa de banhos, como dizem em Portugal.

— Melhorou? — perguntou ele.

— Um pouco — respondeu ela.
— Tá mais calma?
— Estou — ela sorriu, sem graça. — Ontem, fiquei em nervos.
— Eu vi.
— Tu me desculpas?
— Tá desculpada.
— Vamos tomar nosso pequeno almoço?
— Vamos.
— Rápido, temos de voltar à Torre de Belém — disse ela.
— Não temos mais! — disse ele.
— Como não?
— Já vou te contar.

Toninho esperou que saíssem da pensão e, enquanto tomavam o café da manhã numa padaria ali perto, contou a Inês a sua descoberta. Ela escutou suas explicações com interesse e humildade, admitiu que ele estava certo em relação à data de construção da Torre de Belém e se mostrou feliz porque a quinta pista ainda podia ser encontrada no Mosteiro dos Jerônimos. Constrangida, confessou que se sentira no dever de descobrir o local, por estarem em sua pátria, e acabara se equivocando. Ela, que sabia tanto de História, levara uma lição. O garoto evitou contar vantagem, não importava quem descobrira o local da inscrição, o importante era encontrarem a pista que levava à chave para se interpretar o jogo do ganso.

Tomaram um ônibus e foram para o Mosteiro dos Jerônimos, perto da própria Torre de Belém. No caminho, a menina apontava as atrações turísticas de Lisboa e contava a Toninho um pouco da história de cada uma: a estátua do Marquês de Pombal, o Largo do Rato, o Palácio das Necessidades. Depois, adoçou a conversa com poesia, dizendo que os famosos azulejos de sua terra eram quadradinhos do mar desbravado pelos portugueses.

Porém, sem mais nem menos, ela parou de falar, o semblante perturbado.

— O que foi? — perguntou o garoto.
— Lembrei-me de uma coisa terrível — respondeu Inês.
— Diga logo — pediu ele, ansioso.
— O terramoto.
— *Terramoto*? — riu Toninho. — A gente diz *terremoto* no Brasil.

— Tanto faz.

— Mas que terremoto?

— De 1755 — disse a menina. — Foi tão forte que arrasou quase toda a cidade.

— E daí?

— Muitos monumentos importantes caíram por terra. O Convento do Carmo foi um deles. E se o mosteiro...

— Nem brinca.

— Não estou a brincar.

— Poxa, mais esta agora!

Ficaram apreensivos e silenciosos o restante do trajeto. Saltaram na Praça do Império e foram andando em direção ao Mosteiro dos Jerônimos. Era uma construção gótica majestosa, que abrigava os túmulos de portugueses ilustres, como Vasco da Gama, Camões e Fernando Pessoa. Não sabiam por onde começar, mas Inês achou melhor procurar nos muros que cercavam o claustro, porque todas as inscrições de Lope Prado eram até então deixadas no lado externo dos monumentos.

Grupos de turistas afluíam ao local, àquela hora iluminado pelo sol, atraídos pela sua beleza singular, o que dificultou a busca. A todo instante, com o caderno de seu Júlio nas mãos, Toninho tinha de fingir que desenhava o prédio para dissimular seu interesse desmedido pelas paredes. Estavam inquietos com a possibilidade de nada encontrarem. Se o mosteiro fora abalado pelo terremoto de 1755, e reconstruído depois pelo Marquês de Pombal como tantos outros edifícios de Lisboa, conforme explicara a menina enquanto investigavam, talvez a marca de Lope Prado tivesse se perdido para sempre e, então, jamais chegariam ao segredo maior dos alquimistas. Justamente depois de percorrerem boa parte do caminho e estarem prestes a decifrá-lo. O pior é que seguranças uniformizados andavam para lá e para cá, organizando a fila de visitantes, o que os obrigou a interromper a investigação. Para disfarçar, foram até o Palácio de Belém ali perto, passearam por seus jardins, entraram em seguida na Oficina de Turismo atrás do mosteiro e, só depois de uma hora, quando o movimento diminuiu, recomeçaram as buscas. Foi um trabalho picado, aflitivo para ambos e, só por volta do meio-dia, observando o edifício de longe, Inês notou que a fachada tinha um portal ao meio e cinco pilares de cada lado. Como estavam procurando a quinta pista, ela disse a Toninho que a inscrição talvez estivesse no portal.

— É o centro da construção, ó pá!

Concentraram suas buscas ali. E não tardou para que encontrassem, beirando o chão, no fim do arco desse portal, a imagem do ganso, a abreviatura OCMD e quase ilegíveis os dizeres *casa del padrino.*

Sorriram, cúmplices e aliviados. Queriam gritar de felicidade, mas mantiveram a discrição para não levantar suspeitas. O garoto anotou a frase no caderno de seu Júlio, a menina deu-lhe um beijo no rosto e foram saindo, rápidos, para pegar o ônibus de volta.

Inês sugeriu que saltassem em Alfama, antigo bairro árabe, onde poderiam almoçar, já que estavam famintos depois de uma manhã inteira de investigações. Passaram por ruelas e becos cheios de casas quinhentistas, de cujas janelas floresciam canteiros de cravo e manjericão que perfumavam o ar do meio-dia, e desembocaram no Largo do Menino Jesus. Pararam numa tasca e, instigado por sua guia local, Toninho experimentou especialidades da cozinha portuguesa: os pastelinhos de bacalhau, os caracóis, os jaquinzinhos.

— Que delícia!

— Gostaste?

— É um melhor que o outro.

Satisfeitos, decidiram ir até a Biblioteca de Lisboa ver se achavam em livros sobre a Idade Média alguma pista do que significava a tal *casa del padrino*. Mas era domingo e a biblioteca estava fechada. A menina então lembrou-se de uma livraria que permanecia aberta todos os dias, muito bem sortida, onde ela às vezes comprava livros de História.

Passaram ali a tarde inteira pesquisando. Mas, apesar de todo o esforço, não encontraram nada que os ajudasse a desvendar a inscrição.

Voltaram à pensão no fim da tarde, exaustos. Descansaram um pouco e se reuniram às oito da noite, inquietos com o novo enigma.

— Vamos esfriar a cabeça — disse Inês.

E convidou Toninho para dar um passeio pelo bairro da Bica ali perto, de onde seguiram até o Cais do Sodré. Lá ficaram observando as águas noturnas do Tejo e as luzes intensas da majestosa ponte sobre o rio.

— Como vamos sair dessa? — perguntou o garoto.

— Igual às outras vezes — respondeu a menina. — Por que tu não vês se no caderno de teu pai há alguma anotação?

— Já vi — respondeu ele. — Não tem nada que nos ajude.

— Pois veja de novo — disse ela.

— Tá certo — disse ele e tirou do bolso o caderno.

Inês debruçou-se sobre o ombro de Toninho, que lia cada uma das páginas em voz alta. Já sabiam de tudo que estava escrito ali, mas ele continuou a leitura até as últimas folhas, onde havia o pequeno glossário de termos alquímicos. Foram então repassando um a um. E quando atingiram a letra esse, Toninho leu a explicação sobre a cidade de Salamanca, centro de estudos ocultistas da Espanha, e depois disse:

— São Tiago, apóstolo de Cristo, patrono dos alquimistas e das artes mágicas.

— Esse santo eu conheço bem — disse Inês, e completou: — O nome da cidade de Santiago de Compostela é em sua homenagem.

— É verdade — disse Toninho, que conhecia a importância dessa cidade sagrada.

— Sabes por que se chama Compostela? — perguntou Inês.

— Eu sabia — respondeu ele. — Mas esqueci.

— Porque, quando São Tiago morreu, milhares de devotos saíram pela noite com tochas acesas, seguindo seu enterro — disse ela. — Eram tantas luzes que parecia um campo de estelas.

— Estelas é o mesmo que estrelas, não?

— Sim. Daí veio o nome: campo de estelas, compostela.

— Agora me lembro — disse o garoto. Interessara-se pelos mistérios que cercavam a cidade, quando seu pai aparecera com a ideia de peregrinar até lá. Mas, depois, seu Júlio desistiu de tudo e foi se descuidando cada dia mais de sua espiritualidade.

— Não é lá que mora sua irmã? — perguntou ele à amiga.

— Sim, há mais de dois anos — respondeu a menina. — Ela está a estudar na faculdade de Santiago. Fui com meus pais visitá-la no ano passado. A catedral da cidade é fantástica, enche de peregrinos o ano inteiro e...

— Peraí! — cortou-a Toninho.

— O que foi? — perguntou Inês, aborrecida com a interrupção.

— *Padrino* não é *padrinho* em português?

— Sim — respondeu ela. — Por quê?

— Não é a mesma coisa que *patrono*? — perguntou o garoto.

— Creio que sim.

— Então!

— Então o quê?

— Descobri.

— Descobriu?

— *Casa del padrino* — disse o garoto, confiante. — A sexta pista tá na casa do padrinho dos alquimistas.

— São Tiago! — exclamou Inês.

— Isso mesmo — confirmou Toninho, vibrando. — Como fui me esquecer deste santo!

— E a casa de São Tiago é a Catedral de Compostela.

— Exatamente!

— Viva! — gritaram os dois ao mesmo tempo. E se abraçaram, às margens do Tejo, que fluía, silenciosamente, naquela noite de verão em Lisboa, cujo céu iluminado parecia um campo de estrelas.

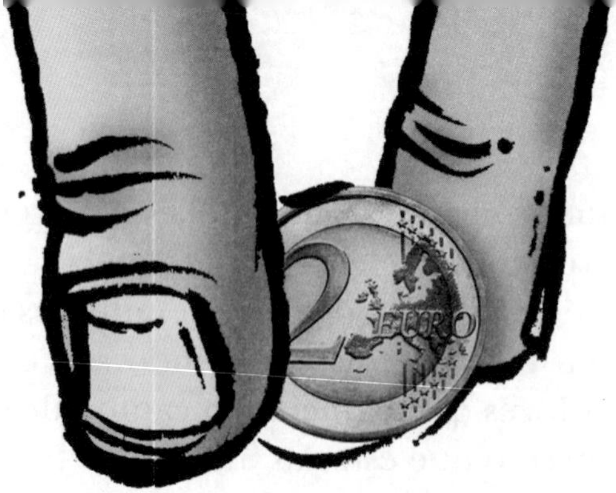

A CAMINHO DE SANTIAGO

A SEGUNDA-FEIRA amanheceu sem sol. Toninho e Inês despertaram cedo para combinar a viagem a Santiago de Compostela. Ele estava preocupado por se distanciar cada dia mais de seu pai. Nem bem chegara a Portugal, já tinha de voltar à Espanha. Temia que estivesse se enrolando numa teia de problemas que podiam lhe trazer sérias consequências. Viajava preocupado, sem saber como e quando reencontraria seu Júlio. Não podia suspender a busca do segredo da pedra filosofal agora que estava tão próximo dele, mas julgava-se culpado por não fazer nada para ajudar seu pai, provavelmente em apuros. Sentia saudades da mãe, dona Alzira, mas não podia telefonar para ela, iria piorar ainda mais a situação. E não havia outra alternativa. Só tinham mais cinco dias, antes que a conjunção astral se alterasse, para descobrir as duas últimas pistas. Apesar de confiante, Inês também receava que pudessem ter encrencas pela frente. Seu dinheiro estava acabando, e não podia contar com a ajuda de seus pais. Estavam em Madri, convictos de que ela havia ido a Granada, na casa do tio. Se soubessem em que aventura se metera, iriam repreendê-la duramente, e é óbvio que não acreditariam naquela história de Lope Prado, jogo do ganso, pedra filosofal.

Como já conhecia o caminho para ir a Santiago, Inês sugeriu que fossem de ônibus até o Porto.

— É mais barato e lá pegamos um comboio até Redondela, na Espanha — disse ela.

— Um trem? — perguntou ele.

— Sim — respondeu a menina. — Em Redondela, embarcamos noutro comboio, que nos levará a Santiago.

Toninho concordou com a sua estratégia. Confiava na amiga, seu respeito e admiração por ela aumentavam. E também sua ternura, sobretudo quando Inês, de súbito, mirava-o longamente, como se quisesse atraí-lo para o fundo de seus olhos azuis.

"Parecem dois oceanos pacíficos", pensava ele, lembrando-se de um verso de Manuel Bandeira.

O ônibus que ia para o Porto tinha dois andares e só sairia às onze da noite. Para economizar uma diária na pensão, tomaram banho pela manhã, fecharam a conta e, ao meio-dia, carregaram as malas para a rodoviária, deixando-as em consignação. Depois, foram girar pela cidade e passaram a tarde andando pelo Rocio, onde Toninho conheceu o Mercado, a praça em homenagem a Dom Pedro IV, que ele descobriu ser o Dom Pedro I do Brasil, e a rua Augusta de Lisboa, bem diferente da de São Paulo, perto de onde ele morava. Enquanto caminhavam, conversando sobre seus temores, decidiram telefonar; Inês para seus pais em Madri, Toninho para a Embaixada do Brasil.

Numa rua silenciosa, encontraram duas cabines próximas e cada um se enfiou numa delas. O garoto terminou primeiro e ficou à espera da amiga.

— E aí? — perguntou, quando a menina se juntou a ele.

— Falei com minha mãe — respondeu Inês. — Ela é mais compreensiva. Meu pai é um leão.

— Contou onde estamos?

— Nem precisei. Ana já havia contado a ela.

— A situação tá preta?

— Sim. Penso que estão atrás de nós.

— Tudo vai se arranjar — disse Toninho. — Se botamos a mão na pedra filosofal, vão tratar a gente como reis.

— Agora não se pode mais voltar — disse Inês. — E tu? Tens novidades de teu pai?

— Ana não tava — respondeu o garoto. — Mas um funcionário da Embaixada me informou que ela viajara pra buscar meu pai.

— Então o acharam?

— Parece que foi parar no norte da Espanha.

— Estás a passar bem?

— Acho que sim.

— Por que "acho"?

— Não senti firmeza.

— Anima-te — disse ela. — Teu pai deve estar bem.

Continuaram o passeio, mais unidos ainda. O tempo passou rápido e, quando começou a escurecer, Inês sugeriu que comessem um sanduíche e seguissem para a rodoviária.

Embarcaram quase à meia-noite, aborrecidos com o atraso e a confusão que se formou à beira da plataforma. O motorista, sozinho, tinha de receber os bilhetes e colocar no porta-malas a bagagem de dezenas de passageiros. Foi a sorte, porque assim não percebeu que, apesar de terem autorização, Toninho e Inês viajavam a altas horas.

Como nas passagens não constava o número das poltronas, acomodaram-se no andar de cima do ônibus, uma fileira atrás de um grupo de jovens marinheiros. Estavam esgotados e caíram logo no sono. Mas só tiveram paz nas primeiras duas horas da viagem, porque dali em diante foi um tormento. O ônibus fez inúmeras paradas e, em cada uma, as luzes do corredor eram acesas para que subissem ou descessem passageiros. Numa delas, madrugada afora, os marinheiros desceram em tropelia e voltaram com muitas cervejas em lata. Logo a bebida os animou e começaram a tagarelar. Irritado, Toninho deu para reclamar, julgando-se um pé-frio e amaldiçoando a sua sina.

— Inferno!

No voo de São Paulo para Madri, tinha padecido sob a bagunça dos argentinos. No trem para Sevilha, fora a vez do cachorro alemão. No ônibus até Rosal de la Frontera, as poltronas duras e a poeira fina. E, dessa vez, indo para o Porto, aqueles marinheiros que cantavam e choravam suas desilusões amorosas. Inês se solidarizou com o amigo e tentou acalmá-lo, puxando-o para seu colo.

— Sossega, ó pá!

O contato corporal o reconfortou, mas ele não relaxou por completo, desconfiado da gentileza dela. Não a entendia: um dia reclamava porque, sem querer, ele caíra em seus braços; no outro, era ela quem o aconchegava.

Ainda não clareara totalmente, quando chegaram ao Porto às seis da manhã, e, ao despertar, Inês percebeu que Toninho segurava suas mãos, mas dessa vez ela não protestou. Tinham ambos a cara engruvinhada, o corpo dolorido, o humor aos frangalhos. Pegaram um táxi e seguiram direto para a estação ferroviária, onde embarcariam no trem para Redondela, que partiria às sete e meia. Tomaram uma xícara de café, compraram bilhetes de segunda classe, arrastaram suas matulas pelos corredores e ficaram aguardando na plataforma. Tinham o dia inteiro ainda pela frente. Se estavam sendo procurados, precisavam tomar cuidado na hora de cruzar a divisa e entrar sem problemas no território espanhol, mas sentiam-se fatigados, sem forças sequer para conversar. Reanimou-os a agitação dos passageiros que esperavam para embarcar e o sol que entrava pelos portais da estação, contornando as paredes como um lápis. O trem chegou, soltando uma nuvem de fumaça e apitando, ruidosamente. Entorpecidos pela fadiga, Inês e Toninho subiram num dos vagões de segunda classe, quase vazio. Nem se preocuparam em buscar os lugares correspondentes aos números de seus bilhetes, ajeitaram logo as malas e se esparramaram, ocupando duas poltronas cada um. Na tranquilidade daquele vagão, embalados pelo movimento do trem, adormeceram em poucos minutos. Só despertaram uma hora depois, quando notaram que o cobrador vinha pelo vagão conferir o bilhete dos passageiros e, pressentindo que o homem poderia estar informado sobre um jovem casal em fuga, o garoto se levantou sub-repticiamente, indo se sentar numa poltrona nas fileiras ao fundo, a fim de simular que viajava sozinho.

Depois de um bom tempo que o cobrador se fora, os dois se reuniram, acomodando-se novamente, um ao lado do outro. Inês destacou então uma folha escrita de sua agenda, dobrou-a e entregou a Toninho.

— É pra ti — disse ela.

— O que é?

— Lê e pronto.

Era um poema que fizera para ele. Conforme o lia, o garoto sentiu um rubor subir por sua face, devia estar vermelho-carmim, a cor de guache mais vibrante que conhecia.

Amor futuro,
te pressinto
formas,
cor de pele
rosto, cabelos
ao vento.

Amor futuro,
te pressinto
águas,
límpido
rio que flui
em minhas mãos.

Amor futuro,
te pressinto
quadro,
noite
voz pincelada
de luz.

Inútil
buscar-te longe,
no tempo
ou em sonhos,
estás perto
amor futuro.

Filho
de outras terras
te quero agora,
amor futuro,
nesta dura hora
predestinada.

— Gostaste? — perguntou ela.

— É lindo — respondeu ele.

— Teu nariz vai crescer mais.

— É lindo mesmo.

— Não mintas.

— Gostei, sinceramente. Quando escreveu?

— Na viagem entre Rosal de la Frontera e Lisboa.

— Nem percebi.

— Tu demoras pra perceber certas coisas.

— Descubro outras rapidinho — disse ele, insinuando sua capacidade de descobrir as pistas do jogo do ganso.

— Ora, pois, pois...

— Você sempre faz poesias?

— Só quando sinto algo especial — respondeu ela.

A viagem seguiu e, mais uma vez, foram beneficiados pelos astros. Estavam sentados à frente de um velho, que os vinha observando e, de repente, pôs-se a falar com eles, como um papagaio, do tempo em que se apaixonara por sua mulher. Logo pareciam íntimos e, ao passarem pela fronteira espanhola, o guarda nem pediu a autorização dos jovens, julgando-os talvez netos do velho.

Lá pelo meio-dia chegaram à estação de Redondela, saltaram e foram comprar os bilhetes para o trem que, finalmente, os levaria a Santiago de Compostela. Estavam em terras da Galiza, onde se falava uma mistura de português com espanhol, como Toninho percebeu nas conversas das pessoas e nos cartazes afixados nas paredes da estação.

— Que queres comer? — perguntou Inês.

— O que você sugere? — devolveu ele.

— Um sanduíche de *jamón*.

— Dois.

Comeram e ficaram aguardando mais de uma hora, à beira da linha de trem, contemplando ao longe os campos verdes. Ventava muito e a temperatura ali, no nordeste da Espanha, era bem mais amena que na Andaluzia. Toninho aproveitou para retribuir o poema que ganhara, presenteando Inês com um retrato que fizera sem ela perceber.

— É pra ti — disse ele, imitando-a.

— Ó pá, que surpresa! — exclamou a menina.

— Espero que você goste.

— Já gostei — disse Inês. — Sou eu?

— Claro — respondeu Toninho.

— Parece o retrato de uma princesa.

— Assim é que te vejo.

Foi a vez de Inês se sentir constrangida.

— E quando o fizeste? — perguntou ela.

— Há dois dias — respondeu ele.

— Exageraste nos meus cabelos.

— O ônibus sacudia demais!

Riram, felizes. E calaram-se.

O trem chegou enfim e eles embarcaram para Santiago, com meia dúzia de passageiros. Foi um percurso breve, mas agradável. No vagão silencioso, viajavam um e outro mochileiro e alguns trabalhadores que cabeceavam de sono. Ao lado da janela panorâmica, Toninho e Inês observavam a paisagem que deslizava lá fora, casinhas ao pé de um morro, torre de uma igreja solitária, campos viçosos, intensamente iluminados pelo sol da tarde, onde o gado pastava sem se mover, como se fosse de porcelana. Aquela cena bucólica os comoveu, enchendo-lhes o espírito de paz. Era uma espécie de trégua para quem vinha havia dias correndo não só contra o tempo, mas contra o desconhecido.

EMOÇÕES INESPERADAS

MINUTOS depois o trem, como uma serpente preguiçosa, entrou lentamente na pequena estação de Santiago de Compostela. As portas se abriram, os viajantes saltaram, a algazarra se espalhou pela plataforma. Toninho e Inês arrastaram as malas até a saída e foram abordados por uma mulher baixinha, simpática e míope. Chamava-se Joana, sabia os horários de chegada de todos os trens e vinha à estação recolher turistas para acomodar em sua casa, a três quadras dali.

— *¡Que bueno, una pareja!* — disse ela, julgando-os um casal de namorados. Alertou-os de que os hotéis, *hostais* e pensões da cidade estavam lotados, em virtude da festa de São Tiago, celebrada anualmente em 25 de julho, dali a quatro dias. Mas eram abençoados, porque ela, Joana, podia abrigá-los num quarto que ainda dispunha, com duas camas de solteiro. Bastava encostá-las e estariam muito bem instalados.

— *¡Solamente mil euros!* — concluiu ela.

— *De acuerdo* — disse Inês, aceitando a oferta na hora.

— Acha que devemos? — perguntou Toninho, em voz baixa.

— O preço é bom, e ainda teremos duche — respondeu Inês. E completou: — De que estás a rir?

— A gente diz ducha no Brasil.

— Também não teremos de andar muito com estas malas — emendou Inês, decidida. — A cidade é cheia de ladeiras.

A mulher encarava o garoto, os olhos miúdos ampliados pelas lentes grossas dos óculos, esperando uma resposta, como se dependesse dele a palavra final. Toninho concordou, esboçando um sorriso.

Acomodaram-se na casa de Joana, que exigiu pagamento adiantado, mas em compensação não lhes fez nenhuma pergunta. Tomaram um banho e, reanimados, seguiram para a catedral, a *casa del padrino,* como escrevera Lope Prado. Tiveram de passar por uma série de becos e vielas, entupidos de turistas que se aglomeravam à porta das lojas à procura de lembranças de São Tiago, como o bastão e a concha dos peregrinos. Inês conhecia o caminho, mas se confundiu naquele labirinto de ruas. Por isso, demoraram para chegar à Plaza del Obradoiro, onde se situava não só o famoso templo do apóstolo de Cristo, mas outros prédios históricos que, embora construídos em épocas e estilos distintos, formavam um conjunto harmonioso.

— Viste o nome desta praça? — perguntou Inês, quando lá chegaram.

— Sim — respondeu Toninho. — Obradoiro.

— Obra de ouro. Interessante, não?

— Como a Torre del Oro — disse ele.

— Bom sinal — disse ela.

Toninho maravilhou-se com o tamanho e a beleza da catedral, mescla da arquitetura românica e barroca, a fachada de pedra escurecida e imponente, as duas torres, o portão de ferro singelamente ornamentado, a pequena escadaria que exigia dos peregrinos vindos de tão longe o derradeiro esforço. Ao seu lado esquerdo, o Palácio de Gelmírez e, mais adiante, o prédio do Hotel dos Reis Católicos em cuja fachada bandeiras coloridas tremulavam ao vento. Do outro lado, o Colégio de São Jerônimo e, completando o quadrado da praça, à frente da catedral, o Palácio de Rajoy. Soaram quatro badaladas na torre do relógio. Inês notou o deslumbramento de Toninho, ela já o sentira da primeira vez que viera ali com seus pais, e o convidou a entrar. Atravessaram o Pórtico da Glória, a famosa entrada, e reverenciaram a imagem do santo diante da impressionante coluna de mármore, onde a mão de tantos peregrinos havia se apoiado, formando cinco saliências onde os dedos se encaixavam. Seguiram adiante e deram na imensa nave central iluminada, em cujos bancos os fiéis esperavam em silêncio.

— Que maravilha! — comentou Toninho, observando as pinturas no teto.

— Psiu! — alertou ela.

Um padre entrou no altar principal, persignou-se e começou a celebrar a missa. A princípio, os jovens assistiram a ela, fascinados; o padre falava no melodioso galego, um idioma regional que se assemelha ao português. Mas estavam tão cansados pela noite tumultuada que acabaram adormecendo suavemente, como se embalados numa rede. Despertaram no fim da missa com um espetáculo maravilhoso: o incensário de prata gigante, preso a cordas manipuladas por quatro religiosos, subia às alturas da nave, espargindo fumaça perfumada pelo ar, para retirar as impurezas do espírito. A menina já viera à catedral, mas apenas para visitá-la, não assistira àquele espetáculo nem experimentara tanta emoção. Assim como o garoto, sentiu sair de seus ombros o peso de uma cruz de preocupações, de dúvidas, de medos. Porque aquela busca ao tesouro da Ordem dos Cavaleiros Maçã Dourada não era uma diversão. Estavam despertando forças desconhecidas e, apesar de seguirem bem até ali, vinham passando igualmente por momentos de tensão. A saudade que Toninho sentia de casa, a falta de seu Júlio, a situação complicada em que se metera de repente evaporaram. As preocupações de Inês com seus pais e com o dinheiro que minguava — era tudo o que economizara o ano inteiro — também desapareceram como que por milagre. A missa foi um bálsamo para os dois e, mais próximos do que nunca do segredo do jogo do ganso, foram dominados pelo forte sentimento de que tudo terminaria a contento. Depois, leves e serenos, visitaram a cripta da catedral, onde os restos mortais do apóstolo São Tiago estavam guardados num ataúde de prata. Saíram de lá emudecidos, não precisavam de palavras, entendiam perfeitamente por que aquele era um templo sagrado.

Mas era preciso encontrar a sexta pista e não sabiam por onde começar.

— Vamos ao Colégio de São Jerônimo — sugeriu Inês.

— Pra quê? — perguntou Toninho.

— Nele funciona a Biblioteca Geral — respondeu a menina. — Talvez encontremos alguma luz nos livros lá.

— É o mesmo santo do mosteiro lá de Lisboa — comentou o garoto.

— Eu nem reparei — disse ela.

— São Jerônimo — disse ele, e completou: — Se descobrimos a quinta pista no mosteiro, o santo pode ajudar a gente a achar a sexta.

— Tu és supersticioso demais.

— Tô só deduzindo — disse o garoto.

No Colégio de São Jerônimo, vasculharam alguns livros sobre a arquitetura da Plaza del Obradoiro e, num deles, souberam que a

catedral, desde que fora concluída, em 1128, passara por várias reformas ao longo dos tempos, principalmente a do século XVIII. E descobriram, alarmados, que na época em que vivera Lope Prado, só existia a Catedral Vieja, onde provavelmente estaria a inscrição. No perfil atual da basílica, a catedral velha correspondia à cripta que abrigava os restos de São Tiago e era ali, se estavam certos, que teriam de procurar. Essa certeza se confirmou, quando consultaram outros documentos, entre eles o *Códice calixtino*, o primeiro guia de peregrinos da Idade Média, escrito no século XIII.

— Caramba, eu não disse? — comentou Toninho. — Até São Jerônimo tá do nosso lado.

— É a *tatwa* de que tu falas — concordou Inês.

— Só pode ser.

— Não te pareces muito fácil?

— Isola — disse Toninho, batendo na mesa de madeira. — Imagina se a pista estivesse em outra cidade?

— Seria um pesadelo.

Sem perder tempo, voltaram à catedral. Embora o sol brilhasse, já passava das oito horas e os portões haviam sido fechados. Seguiram então a esmo pelas ruas, passaram pelo centro histórico e contornaram o prédio da universidade em que a irmã de Inês, agora em férias, estudava. Depois, sentaram-se num bar e comeram um lanche.

— Estou feliz — disse a menina, sorrindo. — E tu?

— Eu também — disse Toninho.

— Vamos comemorar com um jarro de sangria.

— E se ficarmos *borrachos*? — perguntou o garoto, lembrando-se do bêbado do trem.

— O sono nos cura — disse ela.

Voltaram cantarolando para a casa de Joana e, como estavam alegres, superaram com facilidade a situação constrangedora de dormirem no mesmo quarto. Esqueceram-se de que eram dois descendentes de um alquimista medieval e estavam à caça de seu segredo. Lembraram-se apenas de que eram um rapaz e uma menina e, se estavam se aventurando pelas veredas do espírito, chegara a *tatwa* para que os corpos também se entendessem. Sem acender a luz, Toninho abriu a janela para sorver a brisa suave, e o luar inundou o quarto, revestindo-os de uma aura prateada.

— Você é realmente um sonho — disse ele, ao vê-la se despir.

— E tu queres despertar? — ela perguntou.

— Não — ele respondeu e foi em sua direção. — Meu desejo é continuar sonhando.

— Também quero te sonhar — ela sussurrou.

E se enlaçaram.

Foi uma noite inesquecível e ambos colheram a mesma dádiva. Tinham convivido poucos dias juntos, mas com tanta intensidade, que sentiam como se já se conhecessem havia séculos. Aprendizes, riram com a falta de jeito e as expressões e gírias engraçadas que um usava para declarar seu amor ao outro. Depois, dispensaram as palavras, utilizando a silenciosa linguagem das carícias e, sem pressa, experimentaram o pequeno milagre de uma união em meio a um oceano de problemas.

Na manhã de quarta-feira, despertaram alegres, mas não eufóricos. Por um mecanismo sentimental que até então ignoravam, intuíram que a verdadeira felicidade era serena. E silenciaram a noite de amor, evitando comentários, como se pudessem quebrar a magia daquela dupla entrega.

Passaram por uma cafeteria, tomaram um *milk-shake*, que Inês disse se chamar batido em Lisboa e, de mãos dadas, foram para a catedral.

Uma multidão de turistas de várias partes do mundo agitava a Plaza del Obradoiro e uma fila imensa se formara para entrar. Esperaram um bom tempo e, enfim, conseguiram se aproximar da cripta. Ficaram rondando sua parte externa, estudando seus detalhes, à procura da sexta pista. Permaneceram ali mais de duas horas, investigando, enquanto eram empurrados de um canto a outro pelos visitantes que se atulhavam em torno do altar-mor. E, apesar de seus esforços, nada encontraram.

Saíram por uma das portas laterais e sentaram-se, desolados, nas escadarias da Plaza de Quintana.

— Desconfio que essa pista desapareceu — disse Toninho.

— Acho que tu tens razão — concordou Inês. — Pode ter sumido numa destas reformas feitas na catedral.

— É.

— Ou Lope Prado não conseguiu chegar a Santiago como planejava...

— E agora?

— Temos de chegar à sétima inscrição sem passar pela sexta?

— E se ele falhou?

— Seria o fim do nosso caminho.

— Bem, não acredito nessa hipótese — afirmou Toninho. — Temos de fazer algo.

— Sim.

— Mas o quê?

— Nem imagino — respondeu a menina. — Só sei que é a nossa única chance. Faltam três dias para a conjunção astral mudar.

— É verdade — disse o garoto.

— E começamos por onde? — perguntou ela.

— Passeando, como sempre — disse ele. — Lembre-se: a gente encontra a solução quando se esquece do problema.

— Não sei se dará certo desta vez.

— Não custa tentar.

— Está bem.

— Se for mesmo a *tatwa*, vamos achar a pista.

Embrenharam-se, então, pelas ruas de Santiago, impregnadas pelo bulício dos turistas, que zanzavam de lá para cá, entrando e saindo das lojas. Continuaram caminhando ao léu, observando as construções típicas da cidade e, como o centro histórico era um labirinto, de repente, viram-se outra vez nas escadarias da Plaza de Quintana, onde um bando de pombas ciscava.

— Voltamos ao mesmo ponto — comentou Inês.

— Pois é — disse Toninho.

E repetiu, pensativo:

— Ao mesmo ponto.

— O que foi? — perguntou a menina.

— Fizemos um círculo! — disse ele, em sobressalto.

— Que tem o círculo?

— É a figura geométrica perfeita para os alquimistas.

— Tens certeza? — perguntou Inês.

— Absoluta — respondeu Toninho. — Foi uma das primeiras coisas que meu pai me ensinou.

— E então?

— O fim do círculo tá no próprio começo.

— Deus, é isso! — exclamou a menina e se levantou, os olhos azuis cintilando.

— Isso o quê? — perguntou o garoto, também de pé.

— Tu encontraste!

— Eu?

— Pra fechar um círculo, o que tens de fazer? — perguntou ela.

— Voltar ao ponto inicial? — disse ele.

— Exatamente.

— E daí?

— A sétima pista está no mesmo lugar da primeira — disse Inês, exaltada.

— Em Toledo? — soprou Toninho.

— Em Toledo!

— Mas onde?

— Na Puerta del Sol!

— Será?

— Só assim o círculo se fecha.

— Caramba, você descobriu! — disse ele.

— Nós descobrimos — corrigiu ela.

Abraçaram-se tão efusivamente que as pombas se assustaram e alçaram vôo, ruidosas, para os lados da catedral.

A SOLIDÃO DOS PEREGRINOS

O DINHEIRO dos dois estava acabando. Mesmo assim, comemoraram a descoberta com um almoço farto numa cantina e Toninho fez questão de pagar. Dali desceram a longa ladeira até a estação ferroviária para verificar os horários de trem para Toledo. Lá seria o ponto final da peregrinação que os levaria à decifração da fórmula secreta da pedra filosofal.

Só conseguiram passagens para a manhã seguinte, o que de certa forma os agradou. Não precisariam sair às pressas de Santiago de Compostela, lugar tão místico e tão especial para eles, e também evitariam chegar a Toledo à noite, quando seria mais difícil procurar um lugar para se hospedarem.

Retornaram à casa de Joana, descansaram o resto da tarde e, depois de um banho frio, saíram para dar um passeio e ver o pôr do sol. Andaram o tempo todo abraçados, brincando um com o outro, saboreando o frescor da noite compostelana, como dois namorados.

— Quando voltas ao Brasil? — perguntou Inês.

— Não sei — disse Toninho. — Preciso antes encontrar meu pai.

— Mas logo partirás!

— E você, pra onde vai?

— De Toledo vou a Madri — disse ela. — Tenho de explicar melhor aos meus pais por que não fui à casa de meu tio em Granada.

— Vai contar tudo a eles?

— Tudo o quê?

— Tudo!

— Claro — disse a menina. — Nunca passei férias tão emocionantes!

— Nem eu — disse o garoto.

— E depois? — perguntou ela, apertando a mão dele.

— Depois...

Toninho ia dizer algo, mas calou-se.

— Não vamos estragar a noite — disse Inês, atirando os cabelos para trás.

— Tudo à sua hora — concordou ele.

— O que vais fazer quando decifrar o segredo do jogo do ganso? — perguntou ela.

— Vou equipar meu laboratório pra transformar chumbo em ouro — respondeu ele.

— E eu? Terei a minha parte?

— Claro.

— O que vais fazer com tanto ouro?

— Vou aos leilões de arte comprar todos os quadros que quiser — respondeu o garoto. — Além, é claro, de começar uma coleção de motos Harley Davidson. E você?

— Quero viajar pelo mundo — disse a menina. — Visitar lugares históricos que sempre sonhei conhecer: Roma, Atenas, Istambul.

— O Brasil também tem muita História — disse Toninho.

— Claro, nós portugueses é que começamos.

— Não, antes já existiam os índios.

— Tens razão.

— Você poderia ir me visitar.

— E tu poderias voltar a Lisboa!

— Sim, e quantas vezes eu quiser.

Fizeram um lanche rápido e se misturaram aos turistas e peregrinos que se amontoavam no centro histórico para ver um grupo de gaiteiros tocando canções típicas da Galiza. Por fim, foram à Plaza del Obradoiro para contemplar pela última vez a catedral — cuja fachada àquela hora resplandecia na escuridão, como um grande farol no oceano — e agradecer a São Tiago pela proteção que haviam recebido nesses dias de busca.

Mas, talvez porque a mudança astrológica se aproximasse, a sorte já se revelava oscilante para eles. O que parecia ser a promessa de mais algum tempo de felicidade a dois se quebrou na manhã seguinte. Quando caminhavam para a estação de trem, Toninho reparou que Inês emudecera.

— O que você tem? — perguntou ele.

— Dores nas costas — respondeu ela.

— É só isso?

— É. E já me tortura o bastante.

— Acho que tem algo mais — disse o garoto. — Minha intuição é batata.

— Batata?

— É certeira.

— Neste assunto nós mulheres somos superiores.

— Não foge, não.

— Não estou a fugir.

— Tá triste?

— Não.

— Não minta — insistiu ele. — Agora é seu nariz que vai crescer!

— É só uma sensação ruim — respondeu ela, os olhos azuis enevoados.

— Tem a ver com a gente?

— Não sei explicar direito — disse a menina. — Aperta-me o coração.

— Não sofra antes do tempo — disse Toninho.

— Lembra-me um verso de Alberto Caeiro: "Não é alegria nem dor a dor com que me alegro".

— Isso passa — disse ele, sem muita convicção.

Partiram cedo, às sete horas, para a cidade de Lugo, onde teriam de apanhar outro trem que seguiria direto para Toledo.

Em pouco tempo chegaram a Lugo, desembarcaram sem problemas e esperaram na plataforma iluminada pelo sol que se erguia além dos campos verdes. O trem estava prestes a chegar, quando Inês foi ao banheiro.

— Cuidas de minhas coisas? — perguntou ela.

— Tens aqui um escravo — brincou ele, imitando-lhe o sotaque e tentando reanimá-la.

— Deixa de broma, ó pá!

Toninho arrastou as malas até o escritório do chefe da estação. Havia pouca gente por ali, um grupo de jovens com imensas mochilas nas costas e um ou outro galego. Mas, quando a menina vinha voltando, um policial que circulava entre os corredores a barrou a meio caminho e lhe pediu os documentos. Estavam na bolsa que deixara com Toninho, mas Inês deve ter desconfiado de algo, porque se pôs a falar como uma matraca. A poucos metros, o garoto acompanhava a cena, apreensivo, e, em vez de socorrê-la, uma força o reteve ali, à espera do desfecho, enquanto ouvia o apito alegre do trem que se aproximava, vagarosamente, da comprida plataforma.

— Que azar!

Toninho raciocinou rápido. As autoridades espanholas, alertadas por Ana ou pelos pais de Inês, talvez estivessem à procura dos dois e, se fossem detidos, o segredo de Lope Prado continuaria oculto por mais cinco séculos, pois naquela noite a conjuntura astral mudaria. Ao menos um deles teria de escapar e ir a Toledo. Apesar do sentimento que nutria pela menina, e para o bem de ambos, Toninho entendeu que essa missão lhe fora reservada e não havia como fugir dela.

— Tenho de ir!

Permaneceu imóvel, protegido pela parede do escritório do chefe da estação para onde o policial conduzia Inês. Por sorte, quando ali chegaram, o chefe se ausentara, um ferroviário os atendeu à porta e pediu-lhes que aguardassem alguns minutos. Ao lado do policial e, sem que ele percebesse, a menina fez um sinal para Toninho, semioculto atrás da parede, e o garoto o interpretou como "Vai-te, corre, também te procuram". O trem estacionou finalmente na plataforma, abriu suas portas e começou a agitação dos passageiros que desembarcavam, ruidosos, arrastando suas matulas, e dos que aguardavam para entrar. Toninho aproveitou e foi saindo, furtivamente, rumo aos vagões de segunda classe, carregando sua mala e a de seu pai, deixando a de Inês, que depois arrastou o policial consigo para ali a fim de recuperá-la. O coração batia como um martelo numa bigorna e sua vista se turvou.

— Justo agora!

O garoto reuniu todas as suas forças, subiu ao trem e acomodou-se a uma janela, de onde pôde ver Inês chorando, antes de o trem partir. Sentiu-se impotente diante da situação, queria salvá-la como um herói a sua donzela, mas não podia se arriscar, porque, se fracassasse, perderiam a chance de encontrar a fórmula da Alquimia e ele não se perdoaria jamais. Segurou seu ímpeto quixotesco e consolou-se, pensando que o fim de toda jornada devia ser sempre doloroso. Estavam aí gerações e gerações de peregrinos que viajavam quilômetros e mais quilômetros, só para louvar o apostólo São Tiago em Compostela. Os últimos metros certamente eram os mais difíceis, os pés sangravam, o corpo todo doía pela fadiga. Mas a fé era mais forte e poderosa que no início da caminhada. Tinha de agir como um alquimista, agora mais do que nunca. Manteve-se firme em seus propósitos e, mesmo angustiado com a separação, acenou várias vezes para Inês, enquanto o trem se afastava da estação de Lugo, mas ela não viu.

Depois, Toninho se misturou aos mochileiros, que se juntaram a um canto do vagão, e tentou relaxar. Foi uma viagem melancólica até Toledo. Sem a garota, sem seus olhos azuis e seu delicioso sotaque português, a que ele se habituara, faltava vida, faltava amor. Desenhou-a de várias maneiras, tentando resgatá-la inteiramente com o lápis da memória, o que só aumentou sua tristeza. Entregue à solidão, procurou refazer mentalmente seu percurso desde que saíra do Brasil e recordar tudo o que aprendera nesses dias de caminhada. E, à medida que o trem cortava a província de Castilla y León, parando em inúmeras estações, ele concluiu que, mesmo se não decifrasse o tabuleiro do jogo do ganso, mesmo se não chegasse a descobrir a fórmula da Grande Obra, já teria encontrado um grande tesouro. E esse era inviolável. Ninguém poderia roubá-lo, porque já era parte de sua vida, e estava guardado no cofre de seu coração. E reanimou-se com a perspectiva de terminar logo a missão, de rever seu pai, de contar-lhe todas as suas peripécias, de mostrar-lhe a chave para se obter a transmutação de chumbo em ouro e de reencontrar Inês depois que tudo se esclarecesse.

— Vai dar certo, vai dar certo — repetia.

Chegou a Toledo somente ao entardecer. O sol se escondera, mas, como se escrevessem no céu uma mensagem enigmática, alguns raios persistiam aqui e ali, espalhando borrões de um vermelho sanguíneo. As luzes da cidade medieval se acendiam e o Tejo, preso ali às suas margens estreitas, corria silenciosamente. Toninho deixou as malas guardadas na estação ferroviária e procurou nas redondezas um *hostal* para passar a noite. Encontrou dois ou três, mas teve de optar pelo mais barato, próximo à praça central, no terceiro andar de um pequeno prédio de janelas empoeiradas e aspecto macabro. Arrastou para lá suas malas, lavou-se e saiu para comer. Estava faminto, mas precisava economizar as poucas moedas que lhe restavam. Devorou um enorme sanduíche de *jamón*, que lhe ficou entalado na garganta e o obrigou a beber meia garrafa d'água. Em seguida, enveredou pelas ruas estreitas do centro, direto para a Puerta del Sol.

Encontrou-a deserta; àquela hora os toledanos, e também os turistas, estavam jantando. Do lado esquerdo da porta, Toninho e seu pai haviam encontrado a inscrição *río del mar*, que os levara a Sevilha. A sétima pista, se Inês acertara, só poderia estar ali. Era onde o círculo mágico se fechava. Procurou ansiosamente ao rés-do-chão, na mesma altura da outra inscrição, mas não achou nada. Aflito, Toninho demorou para aceitar a hipótese de que ela poderia ter sumido. Sentou-se na calçada, desolado. Não queria admitir a derrota, depois de tanta luta. Seria castigo demais. Pela primeira vez em toda a viagem, sentiu-se só. Longe do Brasil, do pai, de Inês, convicto de que a última pista realmente desaparecera, e sem ela não conseguiria descobrir o segredo do jogo do ganso, o garoto naufragou no desânimo.

— Maldição!

Voltou para o *hostal*, cabisbaixo, maldizendo seu otimismo cego e sua ingenuidade. Não contara com a força do tempo, que tudo transformava. As primeiras pistas tinham atravessado os séculos intactas, o que já fora sorte demais. Agora, só havia uma saída: adivinhar o que poderia estar escrito ali, assim como Inês adivinhara que a sétima pista se encontrava em Toledo, na Puerta del Sol. Era preciso continuar agindo como um alquimista. Mas faltavam-lhe forças. Aborrecido e cansado, não queria pensar em nada.

Tirou o tênis e jogou-se na cama de roupa e tudo. Apesar do burburinho dos turistas lá fora, tentou descansar e esquecer o problema. Sua mente girava como uma roda gigante, misturando lembranças recentes com imagens passadas, obscuras.

Não conseguiu pegar no sono, preso a uma desconfortável vigília, o espírito alvoroçado pelo temor e pela frustração. Pela janela podia ver a lua que brilhava nas alturas, flutuando no céu escuro.

Por um tempo que lhe pareceu infinito, continuou se virando de um lado para o outro na cama, sem encontrar posição, mas tentando desesperadamente dormir, até que imergiu num estado de entorpecimento que, se não lhe trouxe o alívio do sono, ao menos serenou o caos que rugia em sua mente.

Mas, de súbito, experimentou um estranho bem-estar, a sensação de que estava em total harmonia com as forças da natureza. Então da névoa de sua semissonolência brotou uma certeza: a primeira pista não estava na Puerta del Sol.

— Lá estava a segunda — bradou o garoto, saltando da cama. — Como fui me enganar?

Na Puerta del Sol, ele e seu Júlio haviam encontrado a primeira pista gravada num monumento histórico, mas a segunda do caminho.

— A primeira tá no tabuleiro! — disse Toninho, eufórico.

E se recordou do círculo, figura na qual o fim retornava ao começo, a mais perfeita para os alquimistas. Sim, agora entendia. Se Lope Prado falhasse em sua tentativa de espalhar as sete pistas enquanto fugia, ainda assim seria possível encontrar a explicação para se desvendar o segredo da pedra filosofal escondido nas casas do jogo do ganso.

A busca por meio de pistas inscritas em monumentos era um caminho para iniciandos, que assim poderiam vencer o desafio; mas um grande iniciado poderia chegar ao segredo de outra forma, descobrindo que a explicação estava oculta no próprio pergaminho, tão à vista fora deixada. Então, às pressas, o garoto acendeu as luzes e pegou o desenho que copiara do tabuleiro original. Ali poderia desvendar o enigma. Quando o desdobrou, à procura de algum indício da sétima pista, uma folha caiu ao chão, mas ele não percebeu. Vasculhou milimetricamente o tabuleiro, virou-o e desvirou-o e nada encontrou. Pôs-se a mover a cabeça de um lado para o outro, novamente desapontado e, quando baixou os olhos, viu a folha que caíra. Apanhou-a do chão, abriu-a e começou a ler.

Ilimitado
em suas medidas
e sendo leve
o amor
é o peso que carregas.
Flor que se nega a crescer
se não a regas com
tua vida.
Ferida que não cicatriza
se não for aceita e querida.
Farol que orienta o rumo
de quem a escuridão ilumina.

Quanto mais profundo
o amor
mais arrasa.
Porque é
um dar-se até o fim
em busca de um novo início.

É ter alguém por dentro
e ao mesmo tempo
estar fora de si.

Era outro poema que Inês colocara, às escondidas, no meio de suas coisas. Toninho sentiu a emoção invadir a sua alma. Aquelas palavras tinham vindo na hora certa. Como ondas do mar, não apenas o acariciaram, mas também o atiraram à luta. Através delas, a menina saltara do papel, os cabelos longos, esvoaçantes, e lhe dizia:

— Vamos, apressa-te. Ainda tens uma chance!

Sim, pensou o garoto, reanimado, tinha sido uma sorte danada ter vindo a Toledo. O jogo do ganso original talvez ainda estivesse no antiquário; Toninho precisava ir lá correndo, e torcer para encontrá-lo aberto. Muitas lojas fechavam às onze horas, algumas funcionavam até a meia-noite. Era a sua última chance e não podia perdê-la. A conjuntura astral estava mudando.

— A verdade está diante de nossos olhos — murmurou ele.

Calçou novamente os tênis e saiu às pressas com a chave que a dona do *hostal* lhe dera. O vento balançava os galhos das árvores da praça central e, no céu noturno, a lua cintilava, rodeada de estrelas. A noite ia alta e algumas ruas, parcamente iluminadas, estavam desertas. O garoto se enfiou por elas, voando, o coração aos saltos, ansioso para chegar logo. Uns poucos turistas surgiam em sentido contrário, xeretando vitrines, ou saindo de restaurantes.

— Ufa! — suspirou Toninho quando chegou.

O antiquário estava aberto. Entrou e não viu o vendedor que o atendera havia poucos dias, mas sim um espanhol alto e esguio, de olhos penetrantes, com pose de cavaleiro. Devia ser o dono da loja que regressara de viagem.

— *Buenas noches* — disse o homem.

— *Buenas noches* — devolveu o garoto. E se meteu pelos corredores empoeirados. Temia que o tabuleiro tivesse sido vendido e então seria impossível desvendar o segredo da pedra filosofal.

Mas o pergaminho estava lá, intacto, dentro da cristaleira.

— Milagre! — desabafou ele.

O homem veio em seu encalço, desconfiando de sua pressa.

— *¿Que quieres?* — disse, de olho em seu brinco com crucifixo.

Toninho explicou que queria dar aquele tabuleiro de presente ao pai, que era um colecionador de jogos antigos.

Desconfiado de que o jovem não tinha dinheiro suficiente para pagar, o homem contemporizou dizendo que era uma peça rara, valiosa, provinda do Mostero de San Juan de los Reyes e, além do mais, já ia fechar a loja.

O garoto argumentou então que aquela era uma simples cópia do jogo do ganso, sabia que tinha pouco valor, tanto que seria jogada no fogo, conforme lhe assegurara um dos monges de lá. Tirou o cartão de crédito do bolso e disse que, se o homem não queria vender, não tinha problema. Vira muitos tabuleiros semelhantes no El Rastro.

— *Voy a comprar uno en Madrid* — concluiu o garoto.

O homem então mudou de ideia, embora continuasse desconfiado de que Toninho agia de forma suspeita, e disse qual era o preço.

— *Cinco mil euros.*

— *Muy bien* — disse Toninho e estendeu-lhe o cartão.

Enquanto o antiquário apanhava o pergaminho e o embrulhava, o garoto fez alguns cálculos de cabeça e achou que o valor em reais não era lá uma fortuna. O problema era se o limite de seu cartão permitiria efetuar uma compra daquela quantia. A loja, no entanto, não possuía sistema eletrônico de consulta, e o antiquário inseriu o cartão numa velha maquineta, efetuando a venda no ato.

Toninho recebeu o tabuleiro original do jogo do ganso e, antes de sair, disse, a voz quase a falhar:

— *¡Gracias!*

Ali estava, finalmente, a chave para decifrar o segredo da Ordem dos Cavaleiros Maçã Dourada e transformar os metais mais vis em ouro.

Na rua, colocou o pergaminho por dentro de sua camisa e regressou ao *hostal*. Sentia-se vitorioso, as mãos protegendo o ventre onde levava o grande tesouro da transmutação alquímica, que seu antepassado Lope Prado conseguira preservar.

— Falta só matar a última charada!

Sob a luz mortiça de seu quarto, o garoto desenrolou vagarosamente o pergaminho como se cumprisse um ritual. Procurou em todas as 63 casas e não achou nenhum sinal da sétima pista. Voltou-se para as extremidades do tabuleiro, presas por varetas de madeiras. Pegou o canivete e cortou a de cima. Nada. Mas, quando cortou a de baixo, enrolado na vareta havia outro pergaminho, menor. Era a chave que procurava. Desenrolou-o e deu com um texto longo, escrito a mão em tinta preta, com letras miúdas e redondas, entremeado por números em tinta vermelha, correspondentes às 63 casas do tabuleiro do jogo do ganso. Esgotado pelo cansaço, pela agitação dos fatos e por constatar, logo na primeira linha, que o manuscrito estava escrito num espanhol estranho, Toninho fechou os olhos e, com o coração em paz, imergiu nas profundezas do sono.

A HORA DA VERDADE

Acordou com a dona do *hostal* batendo à sua porta.

— *Despierta, joven* — dizia a mulher. — *Alguien quiere hablar contigo.*

Toninho nem imaginava que horas eram, mas, pela claridade que vazava das frestas da janela, imaginou que a manhã já ia alta. Quem estaria à sua procura? Seria a polícia?

— *Estoy yendo* — disse ele, esforçando-se para se expressar em espanhol e mostrar-se calmo. Vestiu-se, escondeu o manuscrito sob a camisa, junto ao corpo, e foi ao banheiro no fundo do corredor. Lavou o rosto, penteou os cabelos e seguiu para a recepção.

— Olá, Toninho — ouviu uma voz dizer. — Tudo certo, fujão?

Conhecia muito bem aquele sotaque carioca. Era Ana, a funcionária da Embaixada do Brasil, que o aguardava em pé, de braços cruzados.

— Tudo bem — respondeu ele.

— Você e a garota pregaram uma peça na gente, hein! — disse ela. — Que confusão! Quase tivemos um conflito internacional.

Ele sorriu, meio desconfiado. Será que Ana sabia o verdadeiro motivo da fuga deles?

— Como me encontrou?

— Não foi difícil — respondeu ela. — Só que agora a festa acabou e eu vim te buscar.

— Buscar?

— É. Vamos pra Madri.

— Fazer o quê?

— Teu pai está te esperando lá.

— Meu pai?

— Nós o encontramos.

— Graças a Deus! — disse o garoto. — O que aconteceu com ele?

— Um probleminha, ou melhor, um problemão. Mas já está resolvido. Depois ele conta tudo pra você.

— Quero saber já.

— Calma, rapaz.
— Mas ele tá legal?
— Está sim.
— Ainda bem! — exclamou Toninho, aliviado.
Ana chegara na hora certa. Ele encontrara o manuscrito para decifrar o jogo do ganso, mas estava sozinho, sem dinheiro e sem saber o que devia fazer dali pra frente, embora desejasse voltar a Lugo para reencontrar Inês.
— Vamos! — disse Ana. — Pega tuas coisas, não temos tempo a perder. O voo de vocês sai às dez da noite.
— Voo?
— É. Você não quer voltar pra casa, não?
— Tenho de ver Inês antes.
— Impossível.
— Como impossível?
— Agora ela deve estar voltando com a mãe pra Lisboa. Quase matou o pai do coração.
— Mas...
— Não tem mas nenhum. Vocês passaram das medidas. Seu pai me contou tudo.
— Tudo?
— Essa sua mania de detetive — disse ela. — Onde já se viu? Sair por um país desconhecido atrás da pedra filosofal como se fosse Sherlock Holmes? E ainda arrastar junto uma garota!
— Bem...
— Você já é bem grandinho pra acreditar em lendas.
— Pelo menos me diverti — disse Toninho.
— Você devia levar uma surra — brincou Ana, e repetiu: — Vamos, arruma logo suas coisas.
— Tá legal.
Na viagem até Madri, dirigindo um carro da Embaixada brasileira, a moça quis saber, tim-tim por tim-tim, da odisseia dos jovens.
— Vai contando.
Esperto, o garoto excluiu tudo o que tinha relação com a história das pistas deixadas por Lope Prado. Só contou os fatos que não os comprometiam, como o ônibus caindo aos pedaços até Rosal de la Frontera; os marinheiros bêbados no caminho de Lisboa ao Porto; a

simpática Joana, dona do *hostal* em Santiago de Compostela; o padre que rezara a missa numa língua semelhante ao português.

— Ah, esses jovens! — suspirou Ana, depois de ouvir toda a história.

Quando chegaram ao Hotel Miguel Ángel, ela conduziu Toninho até a recepção e disse:

— Pronto, rapaz! Vai logo falar com seu pai. Ele está no quarto 612.

— Obrigadão.

— Mais tarde a gente se vê — disse ela, despedindo-se. — Passo às sete pra levá-los ao aeroporto.

— Feito.

Toninho bateu várias vezes à porta do quarto 612. Seu Júlio demorou um tempão para atender e, quando o fez, abriu somente uma fresta.

— Vamos, entre logo — sussurrou o pai.

O garoto arrastou vagarosamente as malas para dentro do quarto, imaginando por que seu pai agia daquela maneira. Mas, quando fechou a porta e ergueu os olhos, entendeu tudo.

— O que senhor tá fazendo aí pelado? — perguntou Toninho, dando uma gargalhada.

— Esperando o pessoal do hotel trazer minha roupa lavada — respondeu seu Júlio. — Usei a mesma durante dez dias seguidos.

— Não precisa esperar mais. Eu trouxe sua mala.

— Ainda bem!

Festejaram o reencontro com um abraço. Em seguida, seu Júlio foi pegar uma roupa na mala, dizendo-se aliviado com o fim daquela confusão.

— Você e uma garota andaram aprontando por aí — disse, olhando para o filho com curiosidade. — Quem é ela?

— Uma portuguesa — respondeu Toninho. — O senhor nem vai acreditar... Talvez ela também seja descendente de Lope Prado.

Mas seu Júlio estava ainda exaltado pelo que lhe acontecera recentemente e nem ouviu essa última frase. Parecia ter se esquecido por completo do segredo da Ordem dos Cavaleiros Maçã Dourada. Nem lhe passara pela cabeça que o filho poderia ter descoberto aquele fantástico tesouro. Destampou a falar como um louco, tentando explicar o que vivera nos últimos dias.

El País
queda sola
seguido ETA con su crueldad de
un punto de inflexión. Los me-
nunicación coinciden en destacar
oducirá una gran desmovilización
filas proetarras porque las circuns-
del asesinato son especialmente con-
es y macabras.
porque ETA no puede caer en mayor
radicción. "ETA ha firmado su sentencia
muerte", afirmó Iñaki Anasagasti, portavoz
diputado del PNV. Incluso dos concejales de
HB, proetarras y la hermana de un preso de
ETA han manifestado su desacuerdo con el
asesinato.
Un preso de ETA se ha puesto en huelga
de hambre en señal de repulsa contra el aten-
tado. Amnistía Internacional, por su parte, ha
denunciado que "ETA ha violado una vez más
los derechos humanos".
bio de los
jóvenes de famil
tas y católicas, decepcio
dad del antifranquismo de su
Ellos crearon -creamos- la bestia, pero
son mi gente...
¿Qué ha cambiado? -sigue el artículo-.
Hoy, ETA se abastece de asesinos endureci-
Brasileño en Pelig
Todos los pa
condenan a
Mientras su brazo polít
Herri Batasuna, qued
MADRID, 13 (Por Yolanda
ALEXANDER, corresponsal de
cio').-Mientras miles de espa
núan en las calles de toda
mostrar su rechazo contra
Miguel Ángel Blanco Garrid
banda terrorista ETA, des
los partidos políticos se p
dad para combatir a los
democracia, le ley y la li
ner en peligro el estado
Para un pueblo g
un grupo de asesi
amenaza, al matar a
que ver con los re
resulta difícil ma
reído de los vasc
nadie, ni los m
ETA asesinar
respuesta de
pañoles, la r
Hasta la
clamor p
tenido lu
cuestrar
cejal d
amen
hora
de
du-
os na-
ETA.
manos
abatidos.
personas a
ETA continuó
tra totalmente
ología, aunque
co, define el cam-
esenta, eran
nalis-

Dera um azar terrível. Saíra para tomar ar na estação de Linares, junto a dois passageiros que logo reconheceu serem os mesmos que ele e Toninho haviam visto naquela noite andando pelo Paseo de Recoletos em Madri. Seguiu-os, curioso, até dar na área coberta, onde se localizavam os guichês e um bar. De repente, os dois homens sacaram as armas que traziam escondidas e deram ordem de prisão a dois passageiros que vinham atrás de seu Júlio e pareciam ter desembarcado ali. Estes, acuados, pegaram-no como escudo e um deles tirou do bolso uma granada, ameaçando lançá-la se não permanecessem ali até que tivessem tempo para fugir. E, para se garantir, os homens levaram seu Júlio como refém. Roubaram um carro perto da estação, na frente de uma casa de onde saía uma mulher que se alarmou com seus protestos, mas, era óbvio, não pôde ajudá-lo. Rumaram a toda velocidade para o norte do país e, desde então, foram incessantemente perseguidos pela polícia. Levaram-no para a cidade de Bilbao e o mantiveram preso durante vários dias. Tinha sido um inferno estar de repente na mão daqueles loucos, correndo perigo de verdade, sem saber onde o filho estava, sem poder telefonar para dona Alzira, aflito com a reunião de negócios que perderia em Lisboa e descrente de que sairia vivo daquela confusão.

Toninho o escutava sem entender nada, até que seu Júlio percebeu o espanto do garoto e perguntou:

— A moça da Embaixada não te contou?

— Contou o quê?

— O que aconteceu comigo!

— Não. Tô boiando.

— Imagine a confusão — disse o pai. — No trem que viajávamos pra Sevilha, a polícia secreta espanhola procurava dois militantes do ETA.

— ETA? — perguntou Toninho.

— Aquele grupo terrorista do País Basco, no norte da Espanha, que luta por um governo independente.

— Sei, e daí?

— Encurralados pela polícia, os terroristas me pegaram como refém.

— Tá brincando?

— Nem eu acreditei — afirmou seu Júlio. — Mas é a pura verdade.

— Eu pensei que o senhor tinha se distraído na estação e pegado outro trem.

— Que nada — disse o pai. — Você tinha razão quando desconfiou daqueles dois homens. Mas eles não eram da Confraria das Sombras, não. Eram policiais à paisana e estavam atrás dos assassinos de Blanco Garrido, um jovem político morto pelo ETA um dia antes de chegarmos a Madri. Lembra daquele congestionamento que pegamos pra ir à estação de Atocha?

— Sim.

— Era uma passeata contra esse crime brutal, como eu soube depois pelo jornal *El País* — disse seu Júlio. E continuou: — O povo espanhol se indignou. A polícia espalhou o retrato falado de alguns militantes do ETA e descobriu que dois deles estavam em Madri e seguiriam para o sul, em direção a Sevilha. Conseguiu localizá-los em Linares, mas quase pôs tudo a perder. Inclusive a minha vida. Por sorte, a estação estava meio vazia. O cerco foi longe da plataforma, quase ninguém percebeu e o trem logo partiu. Fiquei em poder dos dois bandidos cinco dias. Falavam o idioma basco, difícil de entender, o que foi até bom para mim. Nunca passei tanto medo. Até que a polícia conseguiu me libertar.

— E os terroristas? — perguntou o filho.

— Foram presos.

— Puxa, pai, você passou apertado! — disse Toninho.

— Se passei. Foi um pesadelo. Ainda bem que a coisa se resolveu — disse seu Júlio, e emendou: — Mas foi sair de uma confusão pra entrar em outra. Quando as autoridades me libertaram, eu soube que você tinha deixado um bilhete no hotel, em Sevilha, dizendo que ia pra Portugal. Aí foi outra dor de cabeça. Aliás, como se virou por lá sem dinheiro?

— Usei o cartão. O resto Inês me financiou.

— Ah, sim, a menina portuguesa.

— Ela me ajudou pra caramba — disse o garoto.

Toninho sentia saudades de seu sorriso, de seus cabelos negros, da geografia de seu corpo, no qual fizera uma viagem indelével.

— Você contou a ela a história de Lope Prado? — perguntou o pai.

— Tive de contar — ele respondeu.

— Bem, não tem importância. Perdemos a chance, mas eu aprendi uma lição e, pelo visto, você continua teimoso. Agora só daqui a quinhentos anos pra surgir outra *tatwa* — e não estaremos vivos até lá.

Então Toninho percebeu que seu pai nem sequer cogitava que ele encontrara a fórmula mágica capaz de transformar o chumbo em ouro.

— O segredo dos magos vai continuar guardado a sete chaves — completou seu Júlio. — Se é que existe mesmo...

— É claro que existe — afirmou o filho. E completou, triunfante: — Eu o encontrei!

Fez-se um silêncio perturbador. Pego de surpresa, o pai olhava o filho, boquiaberto.

— Não acredito — disse seu Júlio.

— Tá aqui — disse Toninho e tirou o manuscrito de dentro da camisa. — Agora podemos ter todo o ouro do mundo!

E relatou brevemente as aventuras que vivera com Inês, ao longo daqueles nove dias de buscas, explicando como haviam descoberto as outras pistas.

— Vou ter um troço — disse o pai. — Deixa eu ver.

— Toma — disse o garoto, estendendo-lhe o pergaminho.

Seu Júlio pegou-o com cuidado. Sentou-se numa cadeira e se pôs a examiná-lo atentamente, as mãos trêmulas, o coração rugindo.

Toninho atirou-se na cama, orgulhoso, a vitória desenhada em seu rosto.

— Vai traduzindo, pai.

— Quieto, deixe eu ler primeiro.

— Tá bom.

— Está escrito em espanhol medieval.

— É difícil de entender?

— Mais ou menos.

Como se bebesse as palavras ali escritas, seu Júlio leu vagarosamente a explicação de cada uma das 63 etapas do processo de transmutação alquímica narradas no manuscrito, correspondentes às 63 casas do tabuleiro do jogo do ganso. Balbuciou alguma coisa ininteligível e voltou ao início. Fez outra leitura em silêncio, depois uma terceira e, quando terminou, Toninho notou que ele sorria como nos velhos tempos de alquimista, quando realizava experiências fantásticas em seu laboratório.

SURPRESA FINAL

— É A FÓRMULA mágica! — afirmou seu Júlio, exultante.

— Eu não disse que ia encontrá-la? — provocou o filho, todo senhor de si.

— Sim, é como eu imaginava — continuou o pai. — Cada casa do tabuleiro é um mandamento, um exercício de meditação, uma norma de conduta para os verdadeiros iniciados.

O garoto saltou da cama, atônito, como se um ganso invisível o tivesse bicado inesperadamente.

— O quê?

— Isso mesmo, esse é o grande segredo dos magos de Granada.

— O senhor deve estar enganado — disse Toninho, incrédulo. — Não é a receita para transformar o chumbo em ouro?

— Claro que não — disse seu Júlio. — Este manuscrito é o verdadeiro tesouro que eu sempre procurei e, como não achava, pensei inexistir.

— Peraí! — protestou o garoto — Não estou entendendo nada. Parece que não estávamos em busca da mesma coisa...

— Esta é a fórmula secreta da Ordem dos Cavaleiros Maçã Dourada — disse o pai. — A riqueza que podemos obter através dela não é material.

— Como não? — trovejou Toninho, inconformado.

— Calma, filho — prosseguiu seu Júlio, sereno, e ergueu-se da cadeira. — Com este pergaminho, a gente pode transformar o chumbo em ouro, mas de maneira simbólica, que é e sempre foi o grande desafio dos alquimistas.

— Mas não só simbólica? — protestou o garoto, afoito.

— Só simbólica — disse o pai. — Foi o que eu sempre expliquei a você, que era preciso viver inteiramente a Alquimia e não a Química.

— Eu pensei...

— Na verdade, eu já tinha notado que você vinha se esquecendo da essência alquímica — disse seu Júlio e começou a andar pelo quarto. — O chumbo, um metal vil, significa tudo o que é ruim pro homem: a ambição, o ciúme, a inveja, a dor, o sofrimento, a desilusão. Por outro lado, o ouro, metal precioso, representa a alegria, a força, a solidariedade, a arte, o amor, enfim, as coisas nobres da vida.

— Se eu soubesse que...

— Você sempre soube, desde quando me acompanhava naqueles experimentos que fazíamos em meu laboratório... Mas nos últimos tempos parecia interessado muito mais no ouro material.

— Mas...

— O segredo que os alquimistas guardaram tantos séculos é uma fórmula espiritual — continuou o pai. — Um conjunto de normas que nos permitem transformar o chumbo da negatividade no ouro da positividade. Esse é o grande processo de transmutação do homem.

— Que zica! — explodiu o garoto. — Tivemos tanto trabalho e estamos na mesma...

— Eu não! Graças a você, nunca estive tão rico!

— Não vejo onde.

— Escute, filho, produzir ouro a partir do chumbo sempre foi uma metáfora — disse seu Júlio. — Fiquei louco pela história de Lope Prado, tanto que acabei contando a você, porque para mim podia ser uma chance de encontrar o segredo de como transformar interiormente o negativo em positivo, o que eu não vinha conseguindo. Diante das adversidades, deixara de ver o lado bom das coisas. Mas, como cada um tem seu *caminho*, para você, essa busca poderia ser uma grande oportunidade de descobrir o espírito genuíno da Alquimia, embora eu mesmo estivesse já um tanto descrente dela. Veja: através desses mandamentos, poderemos transformar tudo o que é vil ao nosso redor em algo precioso. Os artistas não transformam coisas velhas e imprestáveis em obras de arte?

— Picasso usou um guidão de bicicleta pra fazer uma escultura — disse Toninho, a voz engrossando. — Uma cabeça de touro.

— Pois este é o princípio transmutador. Do lixo, não fazemos o adubo pra fortalecer as plantas? Ora, da solidão, podemos obter a força pra amar nosso semelhante! Pense em um escritor; não precisa ser Cervantes, Shakespeare, mas qualquer um. Se ele consegue transformar o próprio sofrimento na poesia que comoverá as pessoas, é um alquimista, não é? Quem pode transformar a rotina escura em dias claros não é um milionário? Pois a riqueza maior é defender a nossa felicidade num mundo de chumbo, de angústias que nos atacam como flechas por todos os lados. Eu não vinha sabendo fazer essa transformação, não encontrava os meios. Por isso, decepcionei-me com a magia. De que adiantava saber o que fazer, mas ignorar como fazer? Eu conhecia a teoria, mas estava errando na prática. Você me deu uma lição...

— Que lição?

— Além de sua descoberta, você conseguiu um feito ainda mais extraordinário: transformou o chumbo em ouro na viagem que fez com essa garota. E sem conhecer o conteúdo do manuscrito!

— Como assim? — perguntou o garoto, reanimando-se.

— Ora, você estava num país estranho, sem dinheiro, sem saber onde eu me metera, sem dominar direito a língua, e só tinha alguns dias pra encontrar um segredo escondido há séculos. Tudo contra, tudo chumbo. E você não chegou lá? Não encontrou uma amiga, não atravessou com ela a fronteira duas vezes sem problemas, não desvendou todas as inscrições, não trouxe o manuscrito?

— Sim.

— Então?! Foi uma *transmutação*, como a gente diz em Alquimia, lembra-se?

— Tô ligado.

— Aliás, acho que foi a sua verdadeira iniciação, porque até então você era apenas um curioso que fazia experiências químicas, talvez influenciado por mim. E da maneira como Lope Prado distribuiu as pistas, só um verdadeiro alquimista conseguiria decifrar o enigma, porque teria de percorrer todo um *caminho*.

— O caminho que o ganso tem de percorrer no jogo pra chegar ao seu destino? — arriscou Toninho.

— Exato e, ao longo dessa busca, você teria de transformar o chumbo em ouro, a cobiça em conhecimento.

— É, tá certo — concordou o garoto.

— Mas nem sempre a gente consegue superar as provas do caminho — disse seu Júlio. — Eu falhei muitas vezes nos últimos tempos e, depois que seu avô faleceu, acabei desistindo da Alquimia. Melhorei um pouco depois que comecei a trabalhar na Companhia de Importações Príncipe. Hesitei diante da história de Lope Prado; ora minha intuição se expandia, ora a razão se sobrepunha mais fortemente a ela. Mas agora, com esta fórmula, posso enfim transmutar.

— E eu?

— Se aprender o que está escrito aqui... — continuou o pai, sacudindo o pergaminho. — Bem, você vai produzir ouro em outras situações.

— Não sei não...

— Vai sim. É que agora você está chateado.

— Preciso de um tempo.

— Claro, ninguém transforma a decepção em algo positivo de um momento pro outro.

— Falar é fácil — resmungou Toninho.

— Olha, creio que a nossa vida seria um inferno se tivéssemos nas mãos esse poder fantástico de produzir ouro a partir de um metal vil. Seria um castigo pior que o do rei Midas.

— Aquele que onde punha a mão as coisas viravam ouro? — perguntou Toninho.

— Esse mesmo — respondeu o pai. — Mas, lembre-se, foi por pouco tempo. Logo ele percebeu que não podia abraçar seus filhos, nem tocar em sua mulher, pois os transformaria em estátuas de ouro.

— Nem podia comer!

— É verdade.

— Ele quase se ferrou.

— E eu também. Só que por outro motivo. Eu não estava fazendo o ouro dentro de mim a partir do chumbo, das aflições que o dia a dia despejava em meu coração. Abandonei minhas experiências e, por sorte, você aproveitou o material que sobrou no meu laboratório pra fazer o seu. Contudo, você andava apenas pensando na Alquimia enquanto vivia realmente a Química. Repito: esta sua descoberta foi um feito grandioso e uma grande lição pra mim. Mas não a única. Quase morri de medo como refém daqueles loucos lá do ETA e estou reconsiderando minha vida.

— O senhor não planejou tudo isso só pra me testar, não? — perguntou, de repente, o garoto.

— Claro que não! — respondeu o pai, sorrindo.

Toninho entregou-se ao silêncio, mastigando lentamente a desilusão, enquanto o pai continuava andando pelo quarto.

O sol lá fora, feito uma gema de ovo no céu, descia lentamente.

A tarde agonizava sobre Madri. Os automóveis, como ondas no mar urbano, se renovavam, rugindo, no Paseo de la Castellana.

Seu Júlio voltou a ler o pergaminho. O filho mirava os próprios pés, cabisbaixo. Agira como um autêntico mago. Enfrentara uma porção de desafios, livrara-se de todo tipo de apuros e realizara o sonho de muitas gerações de alquimistas, descobrindo com Inês o segredo de Lope Prado oculto havia cinco séculos. O que mais desejava?

— Tá certo — disse o garoto. — O dinheiro não traz mesmo felicidade. No fundo, é a felicidade que traz o dinheiro.

— Eu diria que sim.

— Mas não é fácil engolir essa.

— Olha, se está feliz, você tem disposição pra trabalhar — disse o pai. — E, trabalhando com gosto, acaba atraindo coisas boas. E também dinheiro, por que não? Este manuscrito é um tratado, ensi-

na como transformar a ganância de *ter* na felicidade de *ser*. Agora estou muito esperançoso. Se compreendermos seus conselhos, tenho certeza de que poderemos ganhar muito *dinero*.

— Vamos precisar — disse Toninho. — Andei fazendo umas dívidas.

— Dívidas?

— É — respondeu o garoto. — Gastei uma grana no cartão pra comprar o tabuleiro original do jogo do ganso.

— Quanto foi?

— Cinco mil euros.

— Não é muito. No El Rastro, custava mais ou menos isso.

— E tem mais — continuou o filho. — Nesses dias que viajei de lá pra cá, Inês pagou algumas despesas minhas. Menos o hotel em Sevilha, que nós penduramos.

— Não tem problema. A gente acerta.

— Pior é que nem tenho o endereço dela.

— Isso é o de menos — disse seu Júlio. — Ana pode te arranjar.

— Preciso contar pra Inês tudo o que aconteceu depois que nos separamos — disse Toninho.

— Pra mim também — disse o pai. — Você me contou muito por cima. Quero saber de todos os detalhes.

O garoto se reanimou e começou a narrar minuciosamente a sua viagem, desde o momento em que conhecera Inês no trem para Sevilha. Contou os principais desafios que haviam enfrentado juntos e como encontraram cada uma das pistas, ocultando todavia a noite de amor em Santiago de Compostela, que era algo íntimo deles. Seu Júlio o escutava com grande interesse e, às vezes, o interrompia com perguntas. Ao fim de uma hora, Toninho terminou sua narrativa.

— Não entendi uma coisa — disse o garoto. — Se o manuscrito contém só bons conselhos, por que os magos o esconderam?

— Porque senão seria atirado na fogueira da Inquisição — disse seu Júlio. — Ou, se usado de forma errada, o efeito poderia ser o contrário. Em vez de bem, talvez causasse mal. Todo o mundo ia querer ouro, não é?

— E a Confraria das Sombras?

— Ora, é também um simbolismo — disse o pai. — E não pessoas ambiciosas querendo o manuscrito a qualquer custo.

— Tenho minhas dúvidas.

— Talvez sejam os nossos próprios demônios, que poderiam nos desviar do caminho, como estava acontecendo comigo. Mas você soube vencer os seus.

— Foi muita sorte — disse Toninho. — O senhor não acha?

— A sorte vem se fazemos algo pra merecê-la.

— Tá falando como um velho mago.

— Essa história me abriu os olhos — disse seu Júlio, mirando o pergaminho. — Seguindo esses ensinamentos, toda vez que surgir um obstáculo, estarei mais preparado para transmutar, para vencer o desânimo, o mau-humor, o peso das contrariedades. Aliás, não entendi tudo o que está nesse manuscrito, nem sei se entenderei, mas, pelo que consegui traduzir, acho que já coloquei em prática, sem ter inteira consciência, alguns dos conselhos recomendados aqui, enquanto estava como refém. Podia ter morrido, mas eu soube agir diante dos terroristas e fui libertado. É uma prova de que eu já estava no caminho certo, descobrindo à minha maneira como transmutar.

— Ainda bem.

— Até há pouco eu estava saindo do eixo. Ou melhor, estava no eixo, mas parado, sem reagir, sem me mover.

— Na certa, o senhor tava preso numa das casas do jogo, tendo de esperar novamente a sua vez.

— Ou caí numa dessas que a gente tem de voltar lá pra trás.

— É, pode ser — disse o garoto. E, depois de refletir um instante, comentou: — Só acho que Lope Prado foi meio bandeiroso deixando as pistas em monumentos.

— Há muito mistério atrás do óbvio, filho — disse seu Júlio, contente. — Toda verdade espiritual necessita de um suporte material.

— Aí eu concordo.

— Agora, sim, vejo que está na sintonia dos iniciados, não mais na dos químicos.

— O senhor também...

— Pois sim — concordou o pai.

— É, essa viagem me transformou — disse Toninho.

— A estratégia de Lope Prado me lembra os versos de Antônio Machado, um grande poeta espanhol: "Caminante, no hay camino, se hace camino al andar".

— E a gente só descobre o caminho andando.

— Exatamente.

— Passo por passo, como eu fiz e nem sabia.

— Você havia interiorizado.

— Nós!

Assim, a tarde se findou. Às sete horas, Ana veio buscá-los. No trajeto para o Aeropuerto Internacional de Barajas, antes mesmo de Toninho lhe perguntar se tinha o endereço de Inês, ela retirou da bolsa uma folha de papel.

— A portuguesinha mandou te entregar — disse a moça e entregou o papel a ele.

— Obrigado — disse o garoto, sob o olhar curioso de seu Júlio.

— Será que você encontrou a sua Dulcineia del Toboso? — perguntou o pai, sorrindo.

No verso da folha, havia a oração dos ciganos, para se encontrar a alma gêmea, que ela ganhara em Toledo.

Fizeram o *check-in* e o garoto, distraído, pensava sem parar em sua recente aventura. Só depois, passando pelo portão de embarque, notou, satisfeito, que entravam num avião da Varig.

— Ainda bem — desabafou ele. — Me livrei dos argentinos.

— Logo estaremos lá — disse seu Júlio. — Tenho negócios me esperando.

— Negócios, negócios.

— Calma, filho! Se eu tiver um bom lucro, prometo comprar um microscópio novo pro nosso laboratório.

— Nosso?

— Vou voltar às minhas experiências.

— Quero só ver.

— Ou que tal a coleção de CD-ROM de pintores franceses?

— Daqui a pouco vou ganhar até a moto dos meus sonhos — disse o filho.

— Ou quem sabe algo mais importante — disse o pai, misterioso.

Quando o avião decolou, Toninho abriu o seu *Dom Quixote*, mas não conseguiu se concentrar na leitura. Não fizera nenhuma foto na viagem, mas tinha tudo gravado na alma. Deixara de fazer muitas coisas que um turista jamais perderia, mas ele era descendente do mago Lope Prado, tinha sangue cigano, e descobrira coisas valiosas. Tentou descansar, inutilmente. Nem fazia dois dias que se separara de Inês e já sentia uma saudade imensa. A cada segundo de voo, distanciava-se mais dela. Seria difícil suportar a sua ausência. Essa, sim, era uma perda. Sentia-se frágil, triste, o espírito ferido. Começou a desenhar de memória o retrato dela, quando ouviu pelo alto-falante o comandante dizer que o tempo de voo seria de uma hora e meia.

— Só uma hora e meia? — estranhou Toninho.

— Tenho uma reunião em Lisboa — disse seu Júlio e sorriu, maroto.

A IMAGEM REFLETIDA

*T*ONINHO *abriu os olhos. Recordara-se, em poucos minutos, de toda a viagem na qual descobrira o manuscrito sagrado da Ordem dos Cavaleiros Maçã Dourada. Estava aprendendo com ele a* transmutar, *a realizar dentro de seu ser o processo de transformação das energias negativas em positivas.*

Sete velas tremulavam à sua frente, enquanto ao redor o quarto, seu laboratório-ateliê, continuava na semiescuridão. Releu mais uma vez o papel, que Inês recebera dos ciganos em Toledo, para verificar se seguira corretamente todas as indicações. Sim, estava tudo certo. Agora era só esperar que a Virgem de Macarena desenhasse no espelho a face daquela que seria sua futura companheira, sua alma gêmea. Inclinou-se e ficou ali observando. Aos poucos, como um filme submerso no líquido revelador, a sombra começou a se adensar no espelho. Os contornos foram se delineando, lentamente, até que ele viu o rosto ainda indefinido de uma jovem. Tinha cabelos curtos e claros. O nariz lhe pareceu menor, se comparado ao de Inês. A boca era semelhante, mas não dava para distinguir a cor dos olhos. Toninho hesitou. A luz das velas tremulava. Podia ou não ser ela. Quem sabe, no futuro, Inês não resolvesse cortar e pintar os cabelos? As pessoas mudavam, não? Ele mesmo não estava mudando? O bigode já não era fininho... E a voz não soava às vezes como um trovão?

Esperou alguns segundos mais. E, quando a imagem se formou inteiramente no fundo do espelho, Toninho se inclinou, ansioso, para ver se era ela.

AUTOR

Arquivo pessoal

Nome completo
João Luís Anzanello Carrascoza

Local e data de nascimento
Cravinhos (SP), 8 de maio de 1962

Cidade em que reside
São Paulo

Estado civil
Casado

Filhos
Lucas

Profissão
Publicitário

Formação acadêmica
Comunicação Social (ECA — USP)

Nasci em Cravinhos, cidade do interior paulista, e lá estive escondido até os 17 anos. Chegou, então, a minha *tatwa* e segui para São Paulo, onde fui estudar publicidade e resolvi ficar. Aqui, na capital, continuo escondido, agora no meio das pessoas. Sou, portanto, um migrante, como os gansos. Menino, apaixonei-me por ciências. Vivia no laboratório do colégio, entre tubos de ensaio, fazendo experiências químicas, atrás de fórmulas mágicas. Encantei-me pela literatura, ao descobrir um mar de histórias maravilhosas no livro *As mil e uma noites.* Acho que ler mexe com o nosso astral, é um ato de transformação interior, de Alquimia. Há segredos dependurados nas entrelinhas, como roupas no varal.

Então cresci. Inventei uma história infantil em que flores nasciam para o fundo da terra (*As flores do lado de baixo,* Melhoramentos) e me iniciei como escritor. Depois, escrevi sobre um menino que conversava com o escuro, o raio de luar, o fio de fumaça (*De papo com a noite,* Scipione). Vieram outras criaturas, como o anjo do silêncio e as arinas, os estalos, os squonks (*Zoomágicos,* Formato). E também uma cidade onde as pessoas se banhavam em cachoeiras de luz e, para construir a lua, soltavam os sonhos, que juntavam todas as noites, no último dia do ano (*A lua do futuro,* Ática). Para os adultos, escrevi contos sobre a magia dos relacionamentos humanos (*Hotel Solidão,* Scritta) e sobre os tesouros ocultos em nosso dia a dia (*O vaso azul,* Ática).

Adoro viajar e, numa de minhas viagens, vivi uma aventura espiritual que me inspirou para escrever *O jogo secreto dos alquimistas.* Com livros que nos emocionam, podemos também viajar. “A melhor viagem é sentir”, escreveu o poeta e ocultista Fernando Pessoa. Há mais mistérios entre um leitor e um livro do que pode imaginar seu autor. Procuro ouvir sempre a voz da intuição. A vida é um jogo, mas não basta ter sorte. Temos de fazer a nossa parte e caminhar, agradecendo à mãe terra por acariciar nossos pés e às estrelas por nos protegerem. Não importa a chegada, e sim o caminho. É nele que nos encontramos.

ENTREVISTA

Em *O jogo secreto dos alquimistas*, Toninho vive uma aventura em busca do maior tesouro dos alquimistas de todos os tempos... a pedra filosofal. A seguir, você encontrará algumas pistas para decifrar os segredos do autor dessa história incrível e saber mais sobre o tema que lhe serviu de inspiração.

Em sua opinião, há alquimistas por aí nos dias de hoje? Quem seriam eles? Ainda estariam se ocultando em confrarias secretas?

Ainda existem alquimistas nos dias de hoje. Quem aprende com uma derrota, ou se torna mais compreensivo depois de um erro, é um alquimista. Como bem lembrou seu Júlio a Toninho, os artistas, que transformam suas aflições em obras de profundo valor humano, são alquimistas. As crianças também realizam magias. Seus sentidos ainda não foram embotados pela desilusão, e, por isso, elas se recuperam mais depressa dos contratempos, esquecem rapidamente as contrariedades com a alegria de novas descobertas. Os alquimistas não vivem mais em confrarias secretas, embora nem sempre estejam em evidência: preferem o anonimato, o silêncio. Tive um professor espirituoso, que dava exemplos engraçados nas aulas, e, assim, aprendíamos com facilidade. Lembro-me de uma vez em que ele nos divertiu a valer, enquanto ensinava coisas complexas. Tempos depois, eu soube que, na véspera daquela aula memorável, ele perdera um irmão. Em meio à sua dor, ele ainda nos deu alegria. Como os palhaços que nos fazem rir, ele era um alquimista.

Os alquimistas continuam buscando a pedra filosofal? Como seria essa busca, e o que visariam de fato os alquimistas, hoje?

Os alquimistas de ontem e hoje e, certamente, os de amanhã continuarão a buscar a pedra filosofal, tentando fazer da cruz que cai sobre seus ombros matéria-prima para uma vivência mais rica, transformando seu peso na leveza das asas. Quando na escuridão acendemos um fósforo, a chama não ilumina só nossas mãos, mas o rosto dos que estão ao redor. Quem consegue fazer transmutações, realizando um ato alquímico em seu cotidiano, beneficia a si e também ao próximo. Evidentemente, essa busca é um processo interior. O objetivo do mago é viver plenamente o milagre da vida, promovê-lo e saboreá-lo com os outros, porque ninguém pode ser feliz se não partilhar as dádivas que recebe.

Fale mais sobre todo o simbolismo da busca da pedra filosofal. Na verdade, não é uma procura, pois a pedra não está escondida por aí... Os alquimistas se propunham a fazer ou criar a pedra, em seus laboratórios, ao longo de muitos e muitos anos de trabalho...

A aventura dos alquimistas em busca da pedra filosofal é um símbolo desse processo de transformação interior. Na verdade, eles passavam anos e anos em seu laboratório tentando ser pessoas melhores. As diferentes etapas do trabalho de transmutação do metal vulgar em ouro correspondem a fases de um processo psicológico e espiritual que leva o mago a obter estados de consciência superiores, tornando-se mais sábio, solidário e humilde.

Uma das coisas que mais fascinam no seu livro é esse percurso pelas cidades históricas da península Ibérica. Parece um cenário muito sedutor, graças ao seu passado e às suas ligações com a História do Brasil. Por que você ambientou *O jogo secreto dos alquimistas* lá?

Escolhi cidades históricas da península Ibérica para ambientar *O jogo secreto dos alquimistas* porque a Espanha é uma das regiões onde mais aparecem ocultistas. É a terra mágica dos gitanos, e o mitológico Jardim das Hespérias se situava nas imediações da Andaluzia. A cidade de Salamanca é, desde a Idade Média, um dos mais conceituados centros de estudos de ciências ocultas do mundo. Fiz essas descobertas quando tinha vinte e poucos anos e viajei como mochileiro pela Europa, apaixonando-me pelas cidades que guardavam alguma relação com a alquimia e a história das grandes navegações, que resultaram no descobrimento do Brasil. Tentei transportar o leitor para esse ambiente impregnado de história, de misticismo, de enigmas. Mas nem tudo é ouro. Nesse cenário, ocorreram também perseguições, processos inquisitoriais, conflitos sangrentos. Há também dois outros motivos: meu avô paterno nasceu em Granada, o que fez com que me envolvesse mais com os mistérios de sua terra. E, como amante da língua portuguesa, senti vontade de trabalhar com seus diferentes registros, unindo num abraço a fala das pessoas de Lisboa e de São Paulo.

Dá para notar em seu livro elementos dos filmes de Alfred Hitchcock, diretor de cinema que criou grandes filmes de suspense psicológico. Podem-se citar como exemplos os episódios que se passam em vários lugares do mundo, tal como aconteceu no filme *Intriga internacional*; a presença da mulher atraente — no livro, uma mocinha portuguesa, a Inês — que ninguém tem certeza até o final se está do lado do protagonista ou não. E até o sumiço acidental do seu Júlio é meio hitchcockiano. Você concorda? Foi intencional?

Sim, procurei dispor elementos de suspense na ação do livro, não só para manter o leitor preso à trama, mas porque a vida tece os fatos de maneira aparentemente ilógica. Alguns fios da vida de uma pessoa se emaranham aos da vida de outra, e juntas elas começam a bordar o mesmo sonho. Certos acontecimentos puxam outros e vão desfiando um novelo de relações inesperadas. Além do mais, acima de minhas intenções, há a escrita do destino, que é mesmo imprevisível: de repente, surge uma porção de obstáculos à nossa frente, perdemos pessoas queridas, nos sentimos sós e desamparados. Tudo de uma só vez. Mas essa sequência de golpes pode nos levar ao crescimento interior e, não raro, a um desfecho surpreendentemente fecundo.

Dá para acreditar em magia, nos dias de hoje? E em uma filosofia não materialista, como a dos alquimistas? De que modo se dá o confronto dessa atitude mais espiritual com as pressões da atualidade?

A magia continua presente em nossos tempos materialistas. Os bens só têm utilidade quando podemos usufruí-los com desapego. Se nos aferramos demais a eles, temos medo de perdê-los. Se vivemos felizes não por possuí-los, mas por partilhá-los, somos livres e nada tememos. Quem pode nos roubar as sensações que experimentamos numa viagem inesquecível? O que vale mais, o que temos ou o que somos? Claro, o alquimista também precisa da matéria, como o químico, para chegar ao seu fim, escreveu Fernando Pessoa. A diferença está nesse fim. Não é à toa que em todos os tempos os magos foram perseguidos, e não pelo que possuíam, mas pelo que eram. Quem não se apega à sua obra nem aos seus bens, prospera. Afinal, nada do que temos é nosso. Não somos a fonte de onde emana a graça, somos apenas os canais.